KOKO ZENBU OCHITA KEDO,
ELITE JK NI BENKYO OSHIETE
MORAERU NARA
MONDAI NAI YONE !
01 アップル Apple りんご
高校全部落ちたけど、
エリートJKに
勉強教えてもらえるな
問題ないよね！
[著] 日ノ出しずむ
SHIZUMU HINODE
[イラスト] かれい

殺風景な部屋の中心に立っていたのは、
昨日の無愛想な中2少女ではなく——。

「ぷにぷにぷににに〜っ！
変身、魔法少女めしあちゃん！」
青を基調とした派手なドレスに身を包んだ、
金色のロングヘアの魔法少女だった。
僕はちょうど、
彼女がポーズを決めた瞬間に
立ち会ってしまったらしい。

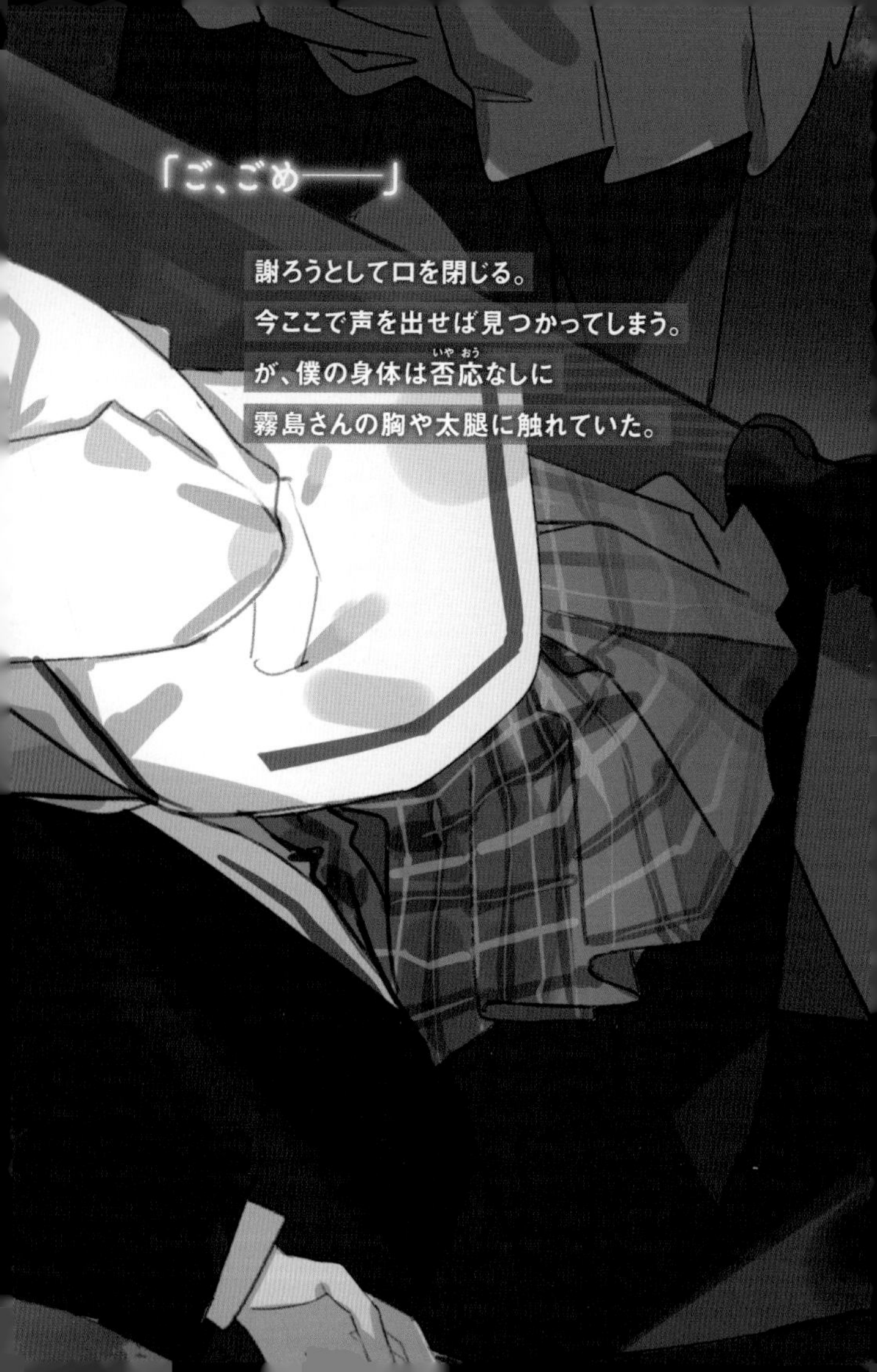
「ご、ごめ――」

謝ろうとして口を閉じる。

今ここで声を出せば見つかってしまう。

が、僕の身体は否応《いやおう》なしに
霧島さんの胸や太腿に触れていた。

「……はぁっ、んっ……」
霧島さんの吐息が僕の耳に当たる。

CHARACTERS
海地しげる
SHIGERU KAIJI
霧島澪音
REIN KIRISHIMA

海地巫女子
MIKOKO KAIJI
神尾まゆり
MAYURI KAMIO

CONTENTS

KOKO ZENBU OCHITA KEDO,
ELITE JK NI BENKYO OSHIETE
MORAERU NARA
MONDAI NAI YONE !

高校全部落ちたけど、エリートJKに勉強教えてもらえるなら問題ないよね！

日ノ出しずむ

講談社ラノベ文庫

イラスト／かれい
デザイン／AFTERGLOW

プロローグ「高校までは誰でも行けるってマジっすか？」

勉強が不得意になったのは、確か中一の一学期だったと思う。

それまでは別に勉強が嫌いだとか、この教科が苦手だとか考えたことはなかった。

だけど、中一の一学期の最初の中間テストでぶっちぎりの学年最低点を叩《たた》きだしたとき、僕ははっきり悟った。

自分は勉強に向いていない、と。

それっきり僕は勉強することを諦めた。

かといってその代わりに何かを一生懸命やったということもなく、ただ中学生活を意味なくぼんやりと過ごした。

その結果——県立高校に落ちた。

テスト当日に高熱が出てたとか答案用紙の解答欄がズレてたとか、そんな特別な理由は何もなかったから、ただ単純に点数が取れなくて落ちたのだろう。

……まあいいさ。

卒業式のときに進路が決まってなかったのが僕だけだったとか、春休み初日に行われたクラスのお別れ会に僕だけ呼ばれなかったとか、そんな話はどうだっていいさ。

別に県立じゃなくても、選びさえしなければ高校なんていくらでもある。

時に、西暦20××年3月下旬。

僕は電車に揺られ、とある私立高校の受験会場に向かっているのだった。

名前さえ書けば受かるとまで言われている高校だから、万にひとつも不合格なんてことはないだろう。

僕は電車のドアに凭《もた》れかかり、ぼんやり窓の外を眺めていた。

見えるのは畑や田圃《たんぼ》ばかりの田舎らしい風景だった。

僕が受験する予定の高校は街の中心部から離れたド田舎の高校だ。

家から電車で通学するには少し遠いし、合格したら一人暮らしとかするのかなあ、高校に可愛《かわい》い女の子いっぱいいるといいなあ、なんてことを考えていると、いつの間にか車内は乗客で埋まっていた。

その大半は僕とあまり変わらない年齢に見える。何人かは学校の制服みたいな格好をしていた。

もしかしたら僕と同じ高校を受ける受験生かもしれない。

ということは彼らもまた、今日の結果次第では路頭に迷うかもしれないということだ。

同時にそれは、彼らの学力が大したことではないことを意味している。ならば今日の試験――いかに名前で好印象を与えるか、そういう戦いになってくるはずだ。

僕の名前は海地《かいじ》しげる。

特にインパクトもない平凡な名前だが、何を隠そうこの僕は小学校時代、習字教室に通っていたのだ。腕には多少覚えがある（半年で辞めたけど）。

正々堂々と、誰が一番うまく名前を書けるか勝負しようじゃないか。

電車が停《と》まりドアが開く。

混んだ車内に身体《からだ》を押し込むようにして人が乗って来る。

こいつらも受験生だろうか。

見れば、参考書を広げているやつもいる。

今日の試験が不合格なら高校行けないんだもんな。必死になるのも仕方ないか。

僕も他人事《ひとごと》じゃない。英単語の一つや二つ見直していた方がいいだろうか……いや、今更無駄な努力だ。

ここは男らしく、実力勝負でいこう。

あといくつか駅を過ぎれば目的地だ。切符くらい準備しとこうかな。

……うん？

あれ？

切符が――ない？

ズボンの右ポケットには、そこにあったはずの切符がなかった。

まさか落とした？

この大事な時にそんな初歩的なミスを？

血の気が引いていく音がした。

い、いや待て落ち着け。事情を話せば駅員さんだって分かってくれる。最悪運賃を払い直せばいいだけの話だ。ちゃんと財布だって……。

え？

財布も――ない？

や、ヤバい。

受験どころじゃない。

どこで落としたんだ？

いや、この受験生だらけの車内、ライバルを蹴落とすためにどんな手を使ってもおかしくはない。

つまり、僕を不合格にするために誰かが僕の切符と財布を――！

「あの、これ、違いますか？」

「え？」

声のした方を振り返る。

そこには、明るいベージュ色の髪を肩のあたりで切りそろえた、いかにも優等生然とした女の子が立っていた。

私立中らしい小洒落《こじゃれ》たデザインの制服を着ている。

そして僕の方に突き出されたその手には、切符が一枚握られていた。

「さっき、あなたのポケットから落ちたんです。それからこれも」

言いながら、女の子が僕に財布を手渡す。

「あ、ありがとう。失《な》くしたと思って焦ってたんだよ」

「そうでしょう。そんな顔、されてましたから」

女の子が裏表のない笑みを浮かべる。

僕は女の子から切符と財布を受け取った。

いや、マジで危なかった――と安堵《あんど》する反面、女の子の手が微《かす》かに震えているのに気が付いた。

よく見ると女の子の顔は青白く、どこか切羽詰まっているように見えた。

「……大丈夫？　もしかして具合悪いの？」

「え⁉　い、いえ、その……実は、ちょっと緊張してて」

「緊張？」

「は、はい。私、今日受験なんです」

「そうなの？　え？　どこの高校？　もしかして同じところかも。僕も今日受験なんだよね」

「本当ですか？　私が受験するのは全能寺学園《ぜんのうじがくえん》高等学校というところなのですが」

全能寺学園……⁉

それって確か、偏差値80超えの人間しか入ることの許されない全国トップの超名門校じゃなかったか⁉

「ま、マジか。僕が受けるの、帝変高校《ていへんこうこう》ってとこなんだけど」

ちなみに偏差値は20アンダー。

「そっか。じゃあ、別の学校ですね……」

残念そうに言う女の子。

「まあ、受験生同士ってことで、お互い頑張ろうよ」

「は、はい、そうですね！」

硬い表情のまま、女の子は返事をした。

この子、大丈夫だろうか。

いや、他人を心配出来る立場でもないいんだけど……でも。

なぜか放っておく気になれず、僕はつい女の子の手を取っていた。

「わ、な、なんですか⁉」

「えーと、ほら、緊張してるときは『人』っていう字を手に書いて飲み込むと良《い》いって言うじゃん。こういう風に……」

女の子の白くて華奢な手のひらに、僕は『人』という字を書いた——つもりだったのだが。

「あの、申し訳ないんですけど、それ、『人』じゃなくて『入』です……」

「…………」

なんたる失態。

墓穴を掘ったな。ショベルカーか何かで。

僕がうまい切り返しの台詞《せりふ》を必死に思案していると、女の子が鈴を転がすような声で笑った。

「でも、ありがとうございます。おかげで緊張がほぐれた気がします」

「本当？　そりゃ良かった」

女の子の表情は先程よりも幾分和らいでいた。

結果オーライというやつだ。

「うん、なんか自信湧いてきました。あの、あなたも受験頑張ってくださいね。二人とも合格して、またお会いしましょう。もしかしたら一緒に通学できるかもしれませんね」

「ああ、そのときはよろしく」

「はい。では私、次の駅で降りなければならないので。またいずれお会いしましょう」

「うん。切符と財布、ありがとう」

「いえ、こちらこそリラックスできました。ありがとうございます」

屈託のない笑顔で女の子が言ったとき、ちょうど電車が駅に停まった。

女の子は僕に手を振って電車を降りて行った。

それに続くように車内の学生（らしき人）たちも続々と降車していった。

あんなに可愛い子と一緒の学校に行けるんだったら、もっと勉強しておけばよかったなあ。

……いや、いまさら後悔しても遅い。とにかく受験に集中だ。あの子も言っていたように、合格すればいつか同じ電車で会うこともあるだろう。

と、女の子がさっきまで立っていた場所に何気なく目を向けた瞬間。

ちょうどその床の部分に、一枚の紙切れが落ちているのに気が付いた。

拾い上げると、そこには先程の女の子の顔写真と『霧島澪音《きりしまれいん》』という名前、その他の情報と一緒に――『受験票』の三文字が書かれていた。

『ドアが閉まります。ご注意ください』

車内アナウンスに弾《はじ》かれるように、僕は電車を降りていた。

背後で乗降口のドアが閉まる。

「…………」

やってしまった。

これじゃ試験に間に合わな――いや、すぐにあの子を見つけて次の電車に乗ればきっと間に合うはず。

僕は人波の中に視線を向け、あの子を探した。

ホームの階段のところに、ベージュ色の髪をした後ろ姿を見つけた。

「ちょっと待って！」

階段に向かって走る。

だけどあの子は立ち止まるそぶりも見せない。

恐らくは僕に追われていることにも、受験票を落としたことにも気が付いていないのだろう。

そして一方の僕も人だかりに阻まれてうまく彼女に近づけずにいた。

「くそっ……」

いつの間にか改札口まで来ていた。

切符を改札機に通し駅の外に出ると、女の子がちょうど駅前の信号が変わるのを待っているのが見えた。

ちょうど信号が青になる。

人だかりと一緒に女の子が歩き出す。

マズい、このままだと見失ってしまう。

「霧島さん！　霧島澪音さん！」

咄嗟《とっさ》に僕は声を上げていた。

女の子が足を止め、こちらを振り返る。

何が何だか分からないような顔をする女の子に、僕は受験票を見せる。

目を丸くした女の子は、慌てた様子でこちらへ駆け寄って来た。

「ごめんなさい！　私、落としてたことに気付かなくて！」

「間に合って良かったよ。見失っちゃったらどうしようかと思った」

「本当にありがとうございます。私、こういうところ間が抜けていて――さっきから迷惑かけっぱなしですね」

困ったように笑う女の子。

その表情に、僕は不覚にも心が跳ねた。

「え、えーと、僕も財布と切符拾ってもらったし、お互い様だね。じゃあ、試験頑張って」

女の子に受験票を手渡し、僕は彼女に背を向けた――直後。

「あのっ！」

呼び止められ、振り返る。

「何?」

「良かったら、お名前教えてもらっていいですか?」

「えーと、僕は海地しげる」

「私は霧島澪音です。改めて、よろしくお願いします!」

「あ、うん。よろしく」

「では海地くん、またどこかで!」

霧島さんは僕に手を振りながら、駅前の横断歩道を渡っていった。

信号、赤に変わってるんだけど……。

めっちゃクラクション鳴らされてる……。

あの子、本当に全能寺学園に合格できるんだろうか。

いや、天才と何とかは紙一重って言うし、ああ見えてめちゃくちゃ勉強できるのかもしれない。

とにかく今は人のことに構ってる場合じゃないな。すぐ電車に乗って受験会場へ行かないと高校浪人になってしまう。

大学浪人ならともかく、高校浪人なんて聞いたことがない。存在したとしてもかなりのレアケースだろう。家庭の事情とかならともかく、勉強できなさすぎて浪人なんて冗談にならない。

そうだ、一応僕もちゃんと受験票持ってるか確認しておこうかな。

いくら名前書けば受かるとはいえ、受験票なしじゃ受験させてもらえないだろうし。

よし、ちゃんと持ってる。

顔写真も貼ってるし、名前もばっちりだ。

そして試験は午前9時から。

僕は駅の時刻表を見た。

ええと、次に来る電車は10時30分――――うん？

もう一度、受験票を確認する。

試験は9時から。そして電車が来るのは10時30分。

「あ」

背中を冷たい汗が伝った。

ダメじゃん。

い――田舎の駅だからね、仕方ないね、だったらバスかタクシーで、と周囲を見渡すも、そんなものは影も形もなかった。

かくなる上は歩いていくしか――って、高校の場所もよく分からないのに無理だ！

焦りで高鳴る心臓を、深呼吸して落ち着ける。

すーっ、はぁー(絶望)。
よし――――諦めよう。
顔を上げると、バカみたいに晴れた青空を陽気な雲が流れていた。
ふふ、と乾いた笑いが込み上げてくる。
そして。
僕は。
高校受験を諦め。
高校浪人となったのだった……。

第一話「負の数って何っすか？」

4月上旬。

春の暖かな日差しが降り注いでいる。

真新しい制服を着て、和気藹々《わきあいあい》と歩道を歩く学生の集団がいる。

きっと高校の新入生だろう。

本来ならば――僕が県立高校に合格していれば、私立の入試に間に合っていれば、いや、そもそもきちんと勉強しておけば――僕もあの集団の仲間入りをしていたはずだった。

が。

現実、そうはならなかった。

僕は旅行用のキャリーバッグを引きずりながら、急勾配の坂道を上っていた。

「…………」

坂を上った先には古い木造のアパートがあった。

その名も『田折荘《たおれそう》』。

僕の叔母が経営するアパートだ。

高校浪人となった僕は、このアパートで一人暮らしをすることになったのだった。

もちろん勉強に集中するためだ。

親が言うには、県立高校か、そこそこ有名な私立に合格しろとのこと。

言われるまでもなく絶対に合格して、来年は愛と涙と青春の高校生活をスタートさせてやる。

早速僕は『管理人室』のプレートが下げられたドアをノックした。

返事はない。

「あのー、海地《かいじ》しげるです。今日入居予定なんですけど……」

もしかして留守なのか？

それとも例によって僕が日程を間違えた？

もう一度ノックしてみる。

しかし、古びたドアが籠もったような音を立てるだけで、やはり返事はなかった。

仕方ない。ここは実力行使だ。

ドアノブに手をかけ、回してみた。

回った。

回ったというか、ドアノブごと外れた。

「………」

どれだけボロいんだ、このアパート。

そっとドアノブを元の位置に戻すと、きれいに嵌《はま》った。

うん、このドアは出来るだけ触らないようにしよう。

「……あれ、お客さん？」

「！」

背後から声がした。

振り返ると、よれよれのTシャツとぶかぶかのショートパンツ姿の大人のお姉さんが、自転車から降りているところだった。

いつから切っていないのか分からないぼさぼさのロングヘアと、顔の半分を覆うような大きな眼鏡。履いているサンダルの鼻緒も千切れかけている。

そんな彼女は、僕を見た瞬間に顔を輝かせた。

「あっ、しげる君！　久しぶり！　元気だった⁉」

「まあ、それなりだよ、巫女子《みここ》おばさん」

そう。

彼女こそ『田折荘』の管理人にして僕の叔母、海地巫女子だ。

年齢は26。スリーサイズはバスト88、ウエスト59、ヒップ82（本人談）。

「ごめんごめん、ちょうど買い物行っててさ」

と、自転車をアパートの前に停《と》め、巫女子おばさんは右手に提げたレジ袋を掲げる。

袋の隙間から缶ビールが数本と、レトルト食品のパッケージが見えた。

その瞬間、彼女の体臭というか、アルコールのような匂いが漂ってきた。

「……酒臭いよ、巫女子おばさん」

僕が言うと巫女子おばさんはため息をついて、

「しげる君、おばさんって呼ぶのやめてって言ってるじゃん。私まだ20代だよ？　巫女子姉さん、もしくは巫女子ちゃんって呼んで」

「分かったよ、巫女子姉さん」

「それにしても大きくなったねえ、しげる君。小さい頃は私がお風呂に入れてあげてたんだよ。覚えてる？」

「……忘れたよ、そんな昔の話」

「あれ、そんな昔だったっけ？　君が小6の頃までは一緒に――そういえばなんで一緒に入らなくなったんだっけ？　……ああそうそう、確か毛が生えたとか……」

「と、とにかく今日からお世話になります！　よろしくお願いします！」

話が変な方向に転がる前に、僕はそう言い切った。

巫女子おば……姉さんの言う通り、小さいころからよく面倒を見てもらってたのは事実だ。

そして巫女子姉さんは、彼女の親――つまり僕の祖父母の経営していたアパートを相続して、管理人として生活している。

他にも株やFX、アフィリエイト等で日銭を稼いでおり、金には困らない……らしい。

「早速だけどお姉さんがアパートを案内してあげるね。ついてきて、しげる君」

「は、はあ」

巫女子姉さんが階段を上っていく。

僕は両手でバッグを持ち上げながら、その後に続いた。

歩くたびに階段が軋《きし》んだ。

このアパート、耐用年数とか大丈夫なんだろうか。

二階の突き当たりで巫女子姉さんは立ち止まった。

「ほら、ここが君の部屋。6畳一間でお風呂とトイレ、台所つき。契約書の方は君の実家に送っておくから。それから、布団とかの大きい荷物はもう運び込んでもらってる」

「ありがとう。めっちゃ助かる」

「で、これが部屋の鍵ね。くれぐれも女の子とか連れ込んじゃだめだぞ」

「……分かってるって。僕は勉強するつもりでここに来たんだから、恋愛にうつつを抜かしているような暇なんてないよ」

まあ、彼女いない歴＝年齢の僕がそんなことになるハズもないんだけど――なんて考えていると、巫女子姉さんは、

「いや、そうじゃなくて私が嫉妬するから……」

「え？」

「え？　いやだから嫉妬するじゃん。ずっと可愛《かわい》がってきた子がどこの馬の骨かも分からないアバズレビッチに奪われちゃったらさ」

「……あ、ああ、そう。気を付けるよ」

あ、愛が重い！

この人、僕が受験に失敗したと聞くや否や、僕を引き取ると連絡してきたらしい。おかげでこうして勉強に集中できる環境が手に入ったわけだから、一概に否定もできないけれど。

「私、基本的に管理人室にいるから何かあったら声かけて。それから、今日の夕方にはお隣さんも入居してくるから」

「お隣さん？」

「そう。確かしげる君と同い年の女の子——はっ、これはしげる君の貞操のピンチ⁉」

「何バカなこと言ってんだよ。世界が後方宙返り三回ひねりを決めたとしても、そんなことにはならないって」

「本当にぃー？　でも、思春期ってのは分からないからね。それにしげる君、けっこう可愛い顔してるし」

「そう思ってるのは巫女子姉さんだけだよ。じゃあ僕、荷物の片付けとかあるんで」

「手伝わなくていい？」

「大丈夫だってば。もう子供じゃないんだから」

「あ、そう……。お姉さん寂しい……」

袖で涙をぬぐう真似《まね》をしながら、巫女子姉さんは階段を降りて行った。

さて。

今日中に荷物を配置してしまおう。

僕は部屋のドアを開けた。

玄関のすぐ横に台所。その奥にトイレと風呂。そして、畳が敷かれた6畳間。その中央には実家から送られた大型の荷物がまとめて置かれていた。

今日からここが僕の部屋だ。

そして、高校受験に向けた孤独な戦いの場だ。

大学受験とかならまだしも、高校受験というところが悲しいけど……。

とりあえず部屋に上がり、バッグの蓋を開けた。

中に入っていた勉強道具と財布、着替え、その他生活用品を畳の上に並べてみる。

その中から英単語帳を手に取って、ページをぱらぱら捲《めく》ってみた。

……うーん、まったく分からん。

意味不明なアルファベットの羅列を眺めていると気分が悪くなってきたので、そのまま単語帳を畳の上に戻した。

と、不意に視線を感じた。

巫女子姉さんか、と思って玄関の方へ顔を向け、思わず息を呑《の》んだ。

ドアから顔を覗《のぞ》かせていたのは、全く見覚えのない少女だった。

黒髪のロングヘアで、切りそろえられた前髪の下から僕をじっと見つめている。

「……何か用？」

僕が訊《き》くと、

「あなた誰ですか」

黒いワンピースを着たその少女は、警戒するような声で言った。

「僕は海地しげる。今日からここに住むんだ。君は？」

「……神尾《かみお》まゆり、13歳の中学2年生。私もこのアパートの住人です」

「へえ、そうなの。両親は？」

「一人暮らしです。私、自立しているので」

「あ、そうなんだ。中学生で一人暮らしなんてすごいね」

「……あなたも私と変わらないくらいの年齢に見えますが」

「いや僕、一応中学は卒業してるから」

「では、高校生なんですか？」

「……いや違うけど」

「なるほど。さっきあなたが読まれていた英単語帳は確か、高校受験対策としてよく使われているものですよね。ということは、あなたはつい最近まで受験生だったということ。しかし高校生ではないんですよね？」

「……うん、そうだけど」

「ならば導かれる答えは一つ。あなたは――高校受験に失敗した高校浪人ということです！」

少女が僕を指さした。

「ふ、ふーん。君の言うことが仮に真実だとして、それが何か？」

「強がったってムダです。事実を言い当てられて焦るあなたの心が手に取るように分かります。私は賢いので」

「くっ……！」

なんだこのガキ。

失礼なやつだな。

「そういえばあなたの名前を聞いていませんでした。えーと、中卒の誰さんですか？」

「ちょっとそこを動くなてめー、それ以上喋《しゃべ》ったらこれから毎晩黒板をひっかく音を耳元で流してやるからな」

「なんて陰湿な仕打ち……悪いのは頭だけじゃないんですね」

「どういう意味だ！」

僕は、まゆりと名乗る少女との距離を一気に詰め、彼女に手を伸ばした。

同時にまゆりはドアの向こうへ身体《からだ》を滑りこませ、思いきりドアを閉めた。

僕の右手は吸い込まれるように、閉じかけたドアの間に伸び――。

「あっ」

まゆりが小さく呟《つぶや》くのが聞こえた。

僕の右手がドアの隙間に挟まる。

直後、激痛が走った。

「ぐ、ぐあああああっっ⁉」

「ちゅ、中卒さん！」

外側からドアが開けられ、ようやく僕は激痛から解放された。

しかし、右手は赤く腫れあがっていた。

「中卒さんって呼び方はやめろ……！」

「ごめんなさい中そ――ええと、若年無業者さん」

「難しい言葉を使うな！　やっぱりお前、僕をバカにしてるだろ！」

「あなたが名乗らないのが悪いんです！」

「あ、そうか。ええと、僕、海地しげる」

「海地さんですね。……呼びにくいので浪人さんでもいいですか？」

「もう好きにしろよ……」

「浪人さん、ごめんなさい。こんなことになるとは思わず」

「いや、いいよ。ケガしたのは事故みたいなもんだし」

「浪人さんがまさかドアが閉まりかかっているのにも気づかないお馬鹿さんだとは思わず……」

「さっきの僕の言葉は撤回しよう。まゆり、てめー絶対許さねえからな」

「ぼ、暴力は反対です！　あと自然な感じで名前呼びしないでください！」

「じゃあ何て呼べばいいんだよ」

「……図々《ずうずう》しい人ですね。仕方ありません、かわいそうな浪人さんには特別に私を名前で呼ばせてあげましょう」

図々しいのはどっちだよ。

とはいえ、右手の痛みはひどくなっていく一方だ。

どうにかして冷やしたいんだけど……。

「なあまゆり、氷とか無いか？　お前にやられた右手がめちゃくちゃ痛いんだけど。お前にやられた右手が」

「図々しい上に根に持つタイプの人ですね……。でも仕方ありません。私、貸し借りとか作りたくないので、氷を差し上げましょう。私の部屋に来てください」

え、部屋に？

氷とか持って来てくれるだけで良かったんだけど。

※

まゆりの部屋は綺麗《きれい》に片付いていて、というか物がほとんどなくて、よく言えばシンプル、悪く言えば殺風景な部屋だった。

「はい、中卒さん」

「中卒って呼ぶなって」

「……はい氷ですよ、浪人さん」

「ありがとう」

まゆりからビニール袋に詰められた氷を受け取り、右手に当てる。

冷たくて気持ちが良かった。

「そういえば浪人さんの苗字《みょうじ》って、大家さんと同じですね？」

「親戚なんだよ。僕はあの人の甥《おい》っ子」

「そうなんですか。行く当てもなく親戚のアパートに転がり込んだというわけですか」

「まあ、そんなとこだけど…… 一応このアパートに来たのは勉強のためだから」

「勉強？」

「また受験しなおすってこと」

「へー。ずっと思ってましたけど、高校浪人なんて珍しいですよね。必然的に年下の人と同級生になっちゃうわけですが、良《い》いんですか？」

「一歳くらい誤差だろ。学年なんてなおさらだよ。3月31日生まれと4月1日《ついたち》生まれなんて、一日違うだけで学年が一個違っちゃうんだぜ」

「確かに浪人さんのおっしゃる通りです。長い目で見れば一歳なんて誤差みたいなものです。まあ、あくまでも一歳ならですけど。この差が広がらないと良いですね」

「おい待て、どういう意味だよ」

「ちなみに学年が変わるのは4月2日《ふつか》生まれの人からで、4月1日生まれの人と3月31日生まれの人は同じ学年ですよ、浪人さん。学校教育法と民法を学び直してください」

「う、うるせー、細かいこといちいち言ってんじゃねー」

「さて、氷は差し上げましたよ。これで貸し借りはナシですね。さっさと帰ってください浪人さん、私にバカを感染させないうちに」

「はいはい。っていうかお前、中学生だろ？　どこ中？」

「……なんですか、ちょっと前の不良ですか？　ケンカ売ってんですか」

「いや単純に気になっただけ」

僕が言うと、まゆりはわざとらしい困り顔をした。

「うーん、教えてあげてもいいんですけど」

「なんだよ、何か困るのか？」

「いえ、そうではないですが、うーん、言っちゃっていいんですか？」

「もったいぶるなよ、教えろよ」

「そこまで言うなら仕方ありません。粗茶《そちゃ》の水女学院《みずじょがくいん》附属《ふぞく》中学《ちゅうがく》です」

「え、粗茶の水……⁉」

そこって確か超有名な大学じゃ……。

その附属中ってことは。

「いやー、海地さんには自慢に聞こえちゃうかなーと思って黙ってたんですが。すみません、私が通ってるのは有名公立中なんです。ごめんなさい。私、賢いので」

「結局自慢かよ……」

「自慢しちゃいます。私、自意識高い系なので」

「ムカつくなあ……」

「何で睨《にら》んでくるんですか。私の学歴をお尋ねになったのは浪人さんの方だったと記憶してるんですけど」

「うっかり聞いちゃった僕にも腹が立つなあ。っていうか、必要以上にお前と会話しちゃってるのもなんか嫌だな」

「浪人さん、ここで朗報です。知能指数に20以上の開きがあると会話が成立しないという説があります」

「ほう、ということは僕にも粗茶の水に合格できる知能が眠っていると？」

「いえ、私があなたのレベルに合わせてあげてるんです。わざわざ知能水準を下げて会話してあげている私の優しさに感謝してください」

「どうかな？　僕が粗茶の水を受けたら、案外あっさり合格しちゃうかもしれないぜ？」

「いえ、それは無理です」

「なんでだよ。やってみなきゃ分からないだろ」

「……本気で言ってるんですか？　粗茶の水は女子校なんですよ？」

「え、そうなの？」

意外な事実。

まさか受験以前の問題だったとは。

愕然《がくぜん》とする僕を見て、まゆりがため息をつく。

「そんなことも知らないなんて、それだから浪人さんなんですよ」

「か、関係ないだろ。今のはたまたま知らなかっただけだ」

「浪人さん、こんな言葉があります。勝利は偶然、敗北は必然。負けないように、失敗しないように準備を重ねた先に偶然の勝利があるんです」

「……な、なるほど」

含蓄のある言葉だ。

まさか年下に諭されることになろうとは。

く、悔しい……っ！

だが。

まあ、それでも良いか。

相手は粗茶の水に通うエリートなわけだし。

「さて、お喋りはおしまいにしましょう。浪人さんはいつまで女子中学生の部屋に入り浸るつもりですか？　そろそろ帰ってください。私は日課がありますので」

「日課って？」

僕が訊き返すと、まゆりは少しムッとしたような顔をした。

「……浪人さんには関係ないです。ほら、早く帰ってください」

まゆりに押し出されるようにして、僕は彼女の部屋を出た。

気が付けば右手の痛みも引いていた。

あまりひどいケガではなかったらしい。一安心だ。

……あ、そうだ。まだ部屋の片付けが途中だった。

戻ったら続きをやらなきゃ――。

「え」

すぐ真横から声がした。

そちらへ顔を向けると、優等生的な雰囲気の、色白の少女が僕の方を見ていた。

「霧島《きりしま》、澪音《れいん》さん……？」

無意識のうちに、僕は少女の名前を口にしていた。

「海地くん……？　どうしてこんなところにいるんですか？」

「いや、それはこっちの台詞《せりふ》――」

言いかけて思い出した。

確かに巫女子姉さんは言っていた。

夕方ごろ、僕と同い年の女の子が入居してくるって。

だけどまさか、その女の子が霧島さんだなんて想像の範疇《はんちゅう》にさえ無かった。

「海地くんに会ったらもう一度お礼を言わなきゃと思ってたんです！　あの時は本当にありがとうございました！」

霧島さんが勢いよく頭を下げる。

「い、いや、良いよ。あれはお互い様だろ？　それに敬語じゃなくていいし。僕ら同い年だろ」

「……そ、そうですか？　あ、また敬語――ええと、分かった。海地くんが言うなら敬語やめるね。でも、心から感謝してる。あの時海地くんが受験票届けてくれたから、私、全《ぜん》能寺学園《のうじがくえん》に受かったの」

「え、そうなの⁉　すげえ！　おめでとう！」

俺が言うと、霧島さんは気恥ずかしそうに相好を崩した。

「えへへ、ありがとう。それでね、このアパートから通うことにしたの。ここからなら電車で一駅だし、自転車でも通えるし」

言われてみればその通りだ。

この田折荘、確かに全能寺学園まではそう遠くない。

「そうか……。良かったね」

「うん。海地くんのお陰だよ。それで、海地くんは？」

「え、僕？」

「どうしてこんなところに居るの？」

「ああ、実は僕も今日からこのアパートに住むことになってるんだよ。本当、偶然だね」

「そうなの？　わーっ、すごい偶然！　ううん、偶然を通り越して運命だよ！」

「あ、えっと、そうかもね」

妙にテンションの高い霧島さんを前に、僕は言葉に困ってあやふやな返事をした。

「ということは、あの後海地くんも高校合格したってことだよね！」

「うん、まあ――え？」

「だって、そうでしょ？　海地くんが受けるって言ってた帝変高校《ていへんこうこう》もこの近くだし」

霧島さんの言うことは正しい。

帝変高校がこの近くなのは間違いない。

しかし、距離にかかわらず僕には高校に通う資格が無いのだった。

なぜならば高校浪人だから。

「いや、霧島さん、それが……」

「あっ！　しげる君発見！」

大声をあげながら階段を上がって来たのは巫女子姉さんだった。

片手には中身の詰まったレジ袋を提げている。

「ね、姉さん、どうしたんだよ」

「ほら、しげる君一人暮らしなんて初めてでしょ？　食べ物とか困るだろうなーと思って準備しておいてあげたよ！」

そう言って巫女子姉さんは僕にレジ袋を突き出す。

受け取って中身を見ると、カップ麺やインスタント食品がぎゅうぎゅう詰めだった。

ありがたい反面、巫女子姉さんの食生活が心配になるな……。

「あ、ありがとう巫女子姉さん」

「気にしないで。……っと、あなた、霧島澪音さん？」

巫女子姉さんが、思い出したように霧島さんへ顔を向ける。

「は、はいそうです。今日からよろしくお願いします、大家さん」

霧島さんが巫女子姉さんに軽く頭を下げる。

「そんなにかしこまらないで。私、どっちかっていうと適当な方だし。部屋だって、家賃さえちゃんと払ってくれれば好きにしていいし」

「そ、そうですか。ありがとうございます」

「ただ、一つ言っておくことがあるわ」

「……言っておくこと、ですか？」

訊き返す霧島さんを前に、巫女子姉さんは神妙な顔で口を開く。

「しげる君の童貞を奪うのはこの私――あべしっ！」

しまった、無意識のうちに姉さんの経絡秘孔を突いてしまった。

「姉さん、大丈夫？」

「こ、これもしげる君の愛情表現なのね……！」

脇腹を押さえながら恍惚《こうこつ》の表情を浮かべる巫女子姉さん。

まさか喜んでる？

まあ、とにかく大丈夫そうで何よりだ。

「え、えーと、あの、大家さんと海地くんはどういう関係なの？」

「将来を誓い合った関係……」

「姉さんはちょっと黙っててくれる？　話が進まないから」

「しげる君、冷たい……」

何か言ってるけど放っておこう。

「ただの親戚だよ」

「そ、そうなんだ。へえー……」

霧島さんは、納得したようなしていないような、微妙な顔で言った。

その横で巫女子姉さんが続ける。

「とにかくウチのアパートは『清く仲良く元気よく』がモットーだから、しげる君も霧島さんも仲良くね。あと、もう一人住人がいるんだけど」

「あ、もしかしてあの中学生？」

「そうそう、神尾まゆりちゃん。あの子とも仲良くしてあげてね。じゃ、私はこれで」

アルコール臭を残し、巫女子姉さんは少し怪しい足取りで管理人室へ戻っていった。

「……えーと、面白い人だったね……？」

巫女子姉さんが見えなくなったころ、困惑したように霧島さんが言った。

「あの人の言うことはあんまり気にしないで。巫女子姉さん、かなり変わってるから」

「そ、そう？　契約のときとかすごく親切だったけど」

「親切？」

「うん。ことあるごとに、『あなた可愛いわね』とか、『体重いくつ？』とか『どういう女性が好み？』とか訊かれて、飴《あめ》とかくれたし」

あんたのストライクゾーンはどうなってんだ……っ！

巫女子姉さん……っ！

「とにかく、あの人の言うことは気にしないでくれ」

「う、うん、分かった」

霧島さんが頷《うなず》く。

「それと、これ、ちょっと貰《もら》ってよ。僕一人じゃこんなに食べきれないし」

僕は袋の中のインスタント食品を数個取り出して、霧島さんに渡した。

「で、でも、これは大家さんが海地くんに」

「まあ、何て言うの、霧島さんの合格祝い？」

「そ、そう？　そういうことなら……」

霧島さんが両手でカップ麺のケースを抱える。

「じゃあ僕、部屋に戻るから。片付けもあるし」

「あ、うん。私も——あ、あの！」

霧島さんに背を向けた僕だったが、彼女の声に足を止めた。

「何？」

「海地くん、改めてよろしくお願いします」

「ああ、うん。こちらこそ」

僕が言うと、霧島さんは嬉《うれ》しそうに笑った。

そのまま僕は彼女を残し部屋に戻った。

部屋には相変わらず、広げたままの荷物がとっ散らかっている。

とりあえず今日はこれを片付けて——あ。

僕が高校浪人だってこと、霧島さんに言いそびれちゃったな。

※

次の朝目を覚ますと、僕は畳の上でうつ伏せになっていた。

ええと……そうか。昨日部屋の片づけをしていて、そのまま眠ってしまったんだ。

徐々に意識がはっきりしてくるにつれて、部屋の中のいい匂いに気が付いた。

食べ物の――味噌汁《みそしる》とカレーの匂いだ。

身体を起こして台所の方を見ると、人影があった。

「あ、海地くん。おはよう」

人影がこちらを振り向く。

それは、霧島さんだった。

「き、霧島さん⁉」

「あんまり起きてくるのが遅かったから、起こしてあげようと思って」

「い、いやいや、そもそもどうやって入ったの⁉」

「鍵が開いてたから……。不用心だよ、海地くん」

「なっ――⁉」

鍵が開いてたからって、勝手に人の部屋に入るものなのか⁉

それが常識ならば、少なくとも僕の知っている常識ではない。

「ほら、今日は入学式なんだから。急いで支度しなきゃ遅刻しちゃうよ」

「入学式……？」

「海地くんの学校も今日でしょ？　たまたま一緒の日だったんだ。やっぱり運命だね」

よく見れば霧島さんは制服姿で、その上にエプロンを着けていた。

そして彼女の前では、沸騰したお湯の中でぐつぐつとレトルトカレーの袋が煮込まれている。

「もう朝食もできるから、先に顔洗ってきたら？」

「あ、うん。そうする」

よく分からないまま僕は、洗面所へ向かった。

……入学式だって？

僕は高校浪人だから入学式なんて——いや、そうか。霧島さんはそのことを知らないんだった。

どうしよう。昨日言っておくべきだった。完全にタイミングを逃した。

頭の中でどうやって打ち明ければいいか考えている間に顔を洗い終わり、いつの間にか僕はちゃぶ台を挟んで霧島さんと向かい合っていた。

「昨日海地くんに貰ったものだけど、召し上がれ。味は保証するから」

ちゃぶ台の上にはレトルトのカレーと味噌汁が並んでいた。

カレーが掛かっているご飯もレンジでチンするやつだ。

なるほど、確かにこれなら味は保証されている。

「いただきます。……霧島さん、普段料理とかするの？」

僕が訊くと、霧島さんは不意を衝《つ》かれたように目を見開いた。

「え。ど、どうして？」

「いや、霧島さんってなんか家庭的な雰囲気だし、実際こうやって朝飯準備してくれたわけだしさ。料理とかするのかなって思って」

視線を宙に彷徨《さまよ》わせ、霧島さんは口を開く。

「か、海地くんは料理のできる女の子の方が好き？」

「え？　改めて訊かれると……どうだろう。でもやっぱり、女の子の手料理っていうのは一度食べてみたいもんだね」

「そ、そっかあ。手料理ね、手料理……」

霧島さんは何かを誤魔化すような笑みを浮かべた。

レトルトは手料理に入らないよね、なんてことを小声で呟いている。

もしかすると余計なことを言ってしまっただろうか。

「ええと、あんまり気にしないでよ、霧島さん。こうして朝飯準備してくれるだけでもありがたすぎるくらいだから」

「そ、そう？　そうだといいんだけど……ごめん、練習しておくね」

僕に向かって両手を合わせる霧島さん。

「だから気にしなくいいって。それよりも、わざわざ起こしに来てくれなくても良かったのに」

割りばしを割りながら僕が言うと、霧島さんはいくらか落ち着きを取り戻したように、

「だって、せっかくお隣さんなんだから。海地くんと一緒に入学式行きたかったの。帝変高校までなら、電車、途中まで一緒でしょ？」

「それは、そうだけど……」

「私、ここに来るまで一人で学校通えるかなってすごく不安だったんだ。でも、海地くんが一緒なら安心」

「あ、そう……」

ヤバい。

この空気じゃ、実は僕高校落ちてたんだ、なんて言えない。

「ほら、食べて食べて——って、私がやったのはお湯沸かしただけなんだけどね」

霧島さんが恥ずかしそうに笑う。

……くっ、いつまでもこうしてはいられない。

早く打ち明けなければ。

僕は一度大きく息を吸って、それから口を開いた。

「あの、霧島さん」

「な、何？　改まって」

「ええと……」

「どうしたの、海地くん？」

ダメだ。

言葉は喉元まで出かかっているのに、そこから先へ進まない。

だけど。

ここで言わなければ、僕は――っ！

「あの、口のところ、ご飯粒ついてるよ」

「……あっ、本当！　うわー、恥ずかしいね。ごめん、ありがと」

――言えなかった……っ！

※

かくして僕は浪人生であることを隠したまま、霧島さんを全能寺学園まで送り届けたのだった。

入学式へ行くのに私服じゃ変かなと思ったので、一応スーツを着て、ついでにそれっぽいバッグも持って行った。

そしてそのまま田折荘に帰って来た。

途中、僕と同い年くらいの人たちと何人もすれ違った。

彼らも入学式なのだろう。

来年こそは僕も胸を張って入学式に出てやる。

そのためにも！

「うおおおおおおっ！」

部屋に戻るや否や僕は参考書と高校入試過去問集をちゃぶ台の上に広げた。

よし、まずは国語からだ！　国語なんて文章を読めばいいだけで、日本語が分かりさえすれば解ける――はずだ！

なになに、「下線部①について、主人公に何があったか7文字で答えよ」？

そんなもん、「いろいろあった」に決まってるじゃないか。ほら、ちょうど7文字。

……え？　不正解？　どうして？

ええい国語なんか分からん。

大体、日常生活に困らないくらいの言語能力があればそれでいいじゃないか。漢字なんか書けなくてもその場で調べりゃいいじゃないか。そもそもスマホで文章打つときなんかは自動変換で勝手に漢字に換えてくれるし。漢字や文法の間違いをいちいち指摘してくる奴《やつ》は結局、自分が相手に対してどれだけ優れているかをひけらかしたいだけなのだろう。

国語の問題というのは、そういう人間を増やしてしまうだけなのだからやはりくだらない。

国語は諦めた。次は数学だ。

どれどれ、「図のようなグラフ上を点Pが移動している」……。

え？

移動している？

僕の目には止まっているように見えるけど？

まったく、この問題を作った人は幻覚が見えているらしいな。

平面上に描かれた点が動くわけがないじゃないか。

二次元美少女が目の前で動いてくれるのか？　動かないだろう。

数学も理解に苦しむな。

仕方ない、次は英語だ。

英語か……。

そういえば、僕らがこうして英語を勉強しているように、英語圏の人は日本語を勉強しているんだろうか。

いや、していないだろう。

不公平だな……。

そう考えるとやる気失《な》くすな……。

なんだか疲れて来たな。

とりあえず少し寝て、それから続きをやろう。

こうして僕は畳の上で横になった。

※

失敗だった……。

完全に寝過ごした。

さっきまで真っ昼間だったはずなのに、窓の外はもう真っ暗になっている。

そして、ちゃぶ台の上の過去問集は言うまでもなく真っ白だった。

勉強はさっぱり分からないけれど、このままでは来年も浪人してしまうことははっきり分かる。

僕は再びペンをとり、問題集と向き合った。

が。

「分かるわけないよ……ッ！」

開始2秒で限界がやってきた。

ダメだ、国語も数学も理科も社会も英語も、意味の分からない文字の羅列にしか見えない。

さすがの僕でも一年くらいあれば余裕で高校受かるでしょと思っていたが、全くの見込み違いだった。

こういうとき、普通の受験生はどうするんだろう。

学校の先生とか、勉強のできる友達とかに質問するんだろう。

しかし僕は既に中学を卒業した身。学校の先生にわざわざ質問しにいくのも気が引ける。

では第二の選択肢、勉強のできる友達に教えてもらう——残念ながら僕には友達がいなかった。

座して死を待つのみということか。

このまま永遠に浪人し続けろというのか。

……いや、待てよ。

確かに僕には中学時代の友人が皆無だ。

でも、この田折荘には勉強のできる人がいるじゃないか。

第一に、偏差値80以上の難関校に合格した霧島澪音。

第二に、有名大学の附属中学に通う神尾まゆり。

このうち霧島さんの方には浪人していることを黙っているままだから、必然的に僕は——まゆりに勉強を教えてもらえばいいってことになる。

悪くない考えだ。

あれだけ僕をバカにしてきたあの少女だから、きっと高校入試の問題なんて片手間で解けるに違いない。

もし解けなかったらボロクソに言ってやろう。

よし、善は急げだ。

僕は早速部屋を出て、まゆりの部屋に向かった。

行きがけに霧島さんの部屋の前を通ると、灯《あか》りが点《つ》いていなかった。まだ帰ってきていないようだ。

そしてまゆりの部屋の前で深呼吸。

それからチャイムを鳴らした。

……返事がない。

ドアノブを回すと簡単に開いた。

なんだ、不用心だな。僕も人のこと言えないけど。

「おい、まゆり。鍵開いて――」

言いかけて口を閉じた。

殺風景な部屋の中心に立っていたのは、昨日の無愛想な中2少女ではなく――。

「ぷにぷにぷにに～っ！　変身、魔法少女めしあちゃん！」

青を基調とした派手なドレスに身を包んだ、金色のロングヘアの魔法少女だった。

僕はちょうど、彼女がポーズを決めた瞬間に立ち会ってしまったらしい。

魔法少女と視線が合う。

空気が凍った。

少女の背後にはテレビがあって、そこからは大音量でアニメのＯＰが流れていた。

「……あれ？　部屋間違えたかな？」

僕はそのままドアを閉めようとしたが、部屋の中から伸びてきた手に掴《つか》まれ、室内へ引きずり込まれた。

「浪人さんッ！　何勝手に入ってきてるんですかッ！」

魔法少女――もとい、まゆりが僕を組み伏せ語気を荒らげる。

「い、いや、鍵開いてたから」

「女の子の部屋に無断で入らないでしょ！　普通っ！」

「ほら、鍵開けっ放しだと危ないじゃん？　教えてあげようと思ってさ」

「浪人さん……あなたって人はぁッ！」

「しかし意外だったな。まゆりにコスプレの趣味があるなんて」

「ぐっ……こ、これはコスプレじゃありません！　し、私服です！」

「それはそれで無理のある言い訳だな……」

「とにかく浪人さん！　今見たことは全部忘れてください！　誰かに言ったら前歯全部折りますからね！」

「わ、分かったから僕に馬乗りになるのはやめろ！」

肩で荒く息をしながら、まゆりが僕から離れる。

彼女はテレビを消すと、ふらつく足取りで部屋の片隅に蹲《うずくま》ってしまった。

沈痛な面持ちで魔法少女が呻《うめ》く。

「……うう、この神尾まゆり一生の不覚……！」

「ま、まあ、そう落ち込むなよ」

「これが落ち込まずにいられますか！　末代までの恥ですっ！」

「そこまで言うことないだろ。世の中にはもっと恥ずかしい思いをしている人だっていっぱいいるんだ」

「一体何を根拠に！　幼児向けアニメのコスプレ趣味がバレること以上に恥ずかしいことなんて、何があるというんですかっ！」

「僕を見てみろ！」

「浪人さんを？」

「僕は高校入試に失敗し齢《よわい》15にして浪人生活に突入した男だ！　これを恥と言わずなんと言うんだ！」

まゆりが目を見開く。

「た、確かにそれは恥ずかしい……！」

「そうだ！　確かにお前は粗茶の水附属中に通うエリートかもしれないが、所詮それは井《い》の中《なか》の蛙《かわず》……っ！　世の中、上には上がいる――否！　下には下がいるんだよッ！」

「浪人さん、それ全然威張れることじゃないです」

「う、うるせえな。励ましてやってんだから素直に受け取れよ」

「……でも、ありがとうございます。少し元気が出ました」

まゆりは小さく――うっかりすれば見落としてしまうほど、本当に小さく笑った。

こいつが笑っているのを見たのは初めてかもしれない。

まあ、そんなに長い付き合いじゃないんだけど。

「そ、そうか。それなら良かった」

「……なんですか、そんな風に人の顔を眺めて」

「いや、まゆりも笑うことがあるんだなと思ってさ」

「失礼ですね。むしろ私の笑顔を見られたことに感謝してください。私は感情をあまり表に出さないクールビューティな女なので」

そうだろうか。その割にはさっきかなり動揺していたような気がするけど。

まあ、元気が出たというのならそれでいいか。

「それにしても良くできた衣装だな。買ったのか？」

「これ、手作りです」

「手作り？　マジか、すげえな」

「当然です。私、器用なので」

まゆりは得意げに言った。

「へー、こういう飾りみたいなのも自分で作るんだろ？　本当すげえな」

「そ、そうですか？」

「うん。よく似合ってて可愛いし」

「か、可愛い……」

「こんなすげえ衣装作れるんだから、別に隠す必要ないんじゃねえのか？　むしろ人に誇れる特技だよ。羨ましいな」

「浪人さんは、私の趣味を軽蔑しないんですか？」

「何馬鹿なこと言ってんだよ。さっきからすげえって思ってるよ。もっと自信持てよ。っていうか、いつもは自信過剰なくらいなのに、急にどうした？」

「……なんでも、ありません」

ぷいっ、と僕から顔を背けるまゆり。

どうしたんだろう。

ま、気にすることでもないか。

「それにしてもかなりのクオリティだよな。手触りも完璧だし」

まゆりの衣装の胸の辺りには細かな刺繍《ししゅう》の入ったリボンがある。

触ると、さらさらとして気持ちが良かった。何かこだわりがあるに違いない。

スカートの波打っている部分も丁寧に仕上げられている。

ただのムカつくガキだと思ってたけど、ちょっと見直した。

「……ろっ、浪人さん。あの」

「なんだよ」

「さ、さ、さっきから何ですか、わざわざしゃがみ込んで私の衣装をベタベタと」

「え？　ああ、すごい出来栄えだなと思って。一応手触りも確かめておかないと」

「そっ、そうですか。では、そろそろ満足しましたか？」

「いやー、まだまだ触り足りないな。永遠に触っていられる。特にこのお腹《なか》周りのデザインなんか――」

「あのっ！」

突然大声を上げるまゆり。

「ど、どうしたんだ急に」

顔を上げると、まゆりは顔を赤くして僕を睨みつけていた。

「は、恥ずかしいん——ですけどっ！」

「恥ずかしがることないじゃないか。こんな衣装を作れるなんてすごい才能だと思うぜ」

「いえそうではなくてっ！　む、胸とか、お尻とか、触られるの——恥ずかしいんですけどっ！」

「え？　いいじゃないか減るもんじゃないし——ひでぶっ！」

まゆりの鉄拳が僕の鳩尾《みぞおち》に炸裂《さくれつ》した。

思わずその場に蹲る僕。

「減ったらどうするんですか。主にバストサイズとかが」

「さ、触られると大きくなるとも言うじゃないか……」

「えっちぃのはいけないと思いますっ！」

顔を赤くしたまままゆりが怒鳴る。

「そ、そうか。ごめん」

「ごめんで済むなら警察は要りませんっ！　大体、浪人さんは何をしに私の部屋に来たんですか！　私のいたいけな身体をまさぐりに来たんですか⁉」

「ご、誤解だ！」

「ここは二階です！」

「うるせえ！」

「ご、ごめんなさい」

「とにかく僕はただ、勉強を教えてもらいにだな……」

「……勉強？」

まゆりが小首を傾《かし》げる。

「そうだよ。ほら、僕って浪人生じゃん？　で、さっき過去問解いてたんだけど全然わからなくて。で、まゆりに教えてもらおうと思ったわけ」

「ふんっ。えっちな人に教えてあげることなんてありませんっ！」

唇を尖《とが》らせながらまゆりが言った。

「頼むよまゆり。お前にしか頼めないんだ」

「……私にしか？」

「そうそう。名門中学に通ってて頭が良くてクールビューティで手先が器用で可愛い女の子にしか頼めないことなんだ」

「……なるほど、粗茶の水附属レベルの名門中学に通っている才女で感情を表に出さない謎めいたクールビューティな女性でアニメキャラの複雑な衣装を手作りできるほど手先が器用で浪人さんを虜《とりこ》にしてしまう可愛さを持った私にしか頼めないことなのですね？」

うん。

まあ——そう。

概《おおむ》ねその通り。

細かい点には目を瞑《つぶ》ろう。

「そうなんだよまゆり！　僕に勉強を教えてくれ！」

「仕方ありませんねえ。高校受験さえ失敗してしまうような情けない浪人さんのために私が勉強を教えてあげましょう」

渋々といった風にまゆりが言った。

でも、どこか嬉しそうに見えるのは気のせいだろうか。

「やったぜまゆり！　じゃあ早速問題集持ってくる」

「いえ、浪人さんの部屋で勉強しましょう。準備ができたらそちらへ行きますから」

「どうしてだよ。別にまゆりの部屋でもいいじゃないか」

「……浪人さんは、いつまで私にこの格好をさせておくつもりですか」

まゆりがスカートの裾をつまむ。

言われてみれば確かに、まゆりはずっと魔法少女のコスプレをしたままだった。

コスプレ少女に勉強を教えてもらうというのは——あまりにも特殊性癖すぎるだろう。

今はやめておこう。

でも、面白そうだからいつかはやってもらおう。

「分かったよ。じゃあ、僕、待ってるから」

「はい。では、準備をしておいてください」

「うん」

「……はい」

「…………」

「あれ、着替えないの？」

「浪人さん」

「何？」

「あなたの部屋で、待っていてください」

まゆりを中心に邪悪なオーラが放たれる。

部屋の柱や床がミシミシと音を立てた。

その圧倒的なプレッシャーの前に、僕は素直に頷くしかなかった。

※

数分後、まゆりはいつもの黒いワンピース姿で僕の部屋にやって来た。

「雑然とした部屋ですね。うまく片付いていない辺りが、部屋の主《ぬし》の性格を表しています」

「お前はいちいち僕に嫌味を言わなきゃ会話ができないのか？」

「私の身体を許可なく撫《な》でまわす変態の浪人さんにそれを言う資格があるんですか？」

「あ、あれはスキンシップだろ……」

「そう仰《おっしゃ》るなら、私のこれは会話前のアイスブレイクのようなものです」

「うっ……」

言葉に詰まった僕を前に、まゆりが勝利を確信したように言う。

「ふっ、ぐうの音も出ないでしょう」

「ぐう」

「うるさいですね……」

「と、とにかく勉強を教えてくれるんだろ。さっさとしてくれよ」

「それが人にものを頼む態度ですか？　……まあ、良いでしょう。で、どこが分からないんですか？」

僕とまゆりはちゃぶ台を囲むように座った。

台の上には僕がさっきまで解いていた過去問集が開いてある。

「――え？　どこがって？」

「ほら、色々あるじゃないですか。数学の一次関数が分からないとか、英語の未来形が分からないとか」

な、何を言ってるんだこいつは？

「ちょ、ちょっと待て。勉強云々《うんぬん》の前に僕はお前が何を言ってるのか分からないんだけど」

「……つまり浪人さんは、自分が何が分からないかさえ分からないということですか？」

「いや、僕が勉強を分かっていないのは分かっている。ほら良く言うだろう？　えーと、むちむち……」

「無知の知ですか？」

「そう、それ」

「間違え方ってものがあるでしょう……。ソクラテスも草葉の陰で泣いていますよ」

「とにかく、分からないことは分かってるんだよ。で、どうすりゃいいのか分からないってわけ」

「なるほど。大体把握しました。では浪人さん、浪人さんの一番不得意な教科は何ですか？」

「え？　ううん、不得意って言われてもな。保健体育とかは得意だったけど」

「うわー、出ましたよ。どうせ運動だけは出来たとか言うんでしょ？」

「いや、筆記の方」

「保健体育の……筆記？」

「いやーめちゃくちゃ得意だったね。常に満点だったよ。思春期の身体の発育発達……教科書の図解を穴が開くほど眺めたものさ。あれ、どうしたんだまゆり、まるで排水溝に詰まった髪の毛の束を見るような顔をして」

「私、浪人さんと縁を切りたくなってきましたよ」

「まあまて落ち着け。今のはほんのジョークだ」

「本当にジョークですか？」

「保健の教科書を死ぬほど眺めてたのは本当。しかし常に満点だったのはジョークだ。男性器と女性器の違いを正確にマスターしたところで、テストの点数が上がるわけじゃないしな」

「うわー、聞かなきゃ良かった」

「とにかく、こうしている間にも試験の日は着々と迫ってきているわけだ。まゆり、何とかしてくれよ」

僕の言葉にまゆりはため息をつく。

「何とかしてくれよと言われましても、浪人さんのお馬鹿さん加減は私の想像以上です」

「いやあ、それほどでも」

「褒めてません。とにかく、ここまで来たら中学生で勉強することを一からやり直す必要があります！　いいですか浪人さん、この一年で三年分勉強しないといけないんですよ！」

「わ、分かったよ。親からもちゃんと勉強して、県立高校かそこそこ有名な私立高校に行けって言われてるし」

「……ほう、そこそこ有名な私立ですか」

まゆりの顔つきが変わる。

何か思いついた顔だな、これは。

「どうしたんだ？　勉強しなくても行ける有名私立高校に心当たりでもあるのか？」

「いえ、ちょっと思い出したことが」

「ほう。聞かせてもらおうか」

「全能寺学園という高校をご存じですか？」

「ああ、もちろん知ってるよ。偏差値80超えの化け物高校だろ？」

そして、霧島さんが通っている学校だ。

「その通りです。しかし、今後は必ずしもそうだとは限りません」

「……何が言いたいんだ？」

「これを見てください」

そう言ってまゆりはスマホを取り出し、僕に画面を見せた。

画面には、全能寺学園のホームページが映っていた。

「全能寺学園……普通クラス開設のご案内？」

「そうです。来年度――つまり、浪人さんが受験する年度から新たなクラスが開設されるのです」

「なんでそんなことするんだ？」

「少子化に伴う生徒数の確保のためとか、学校方針の変更とか、人体実験用のモルモット集めとか色々言われていますが、重要なのはただ一つ。この普通クラス、偏差値はそこまで高くない、下手すれば県立高校より低いと言われているんです！」

「――な、なるほど！　有名私立なのに合格しやすいってわけだな！」

「その通りです。でも、今のままじゃ絶対に受かりません。ですから頑張って勉強してください」

「ああ！　よろしく頼むぜまゆり！」

「では早速、数学から行きましょう。数学の問題は出題パターンが分かりやすいですから、対策もしやすいのです」

「おお、何言ってるのか分からんが頼れるぜ！」

「簡単な計算問題から行きますよ。３から16を引くと……」

「はっはっは、まゆりくんバカを言っちゃいけない。３から16なんて引けるわけないだろ？　リンゴで考えてみなよ。３個のリンゴから16個のリンゴを引こうったってそうはいかないじゃあないか」

「……じゃあ浪人さん、この問題の答えは何になるんですか？」

「もちろん、『問題が間違っている』さ」

自信満々に答えると、まゆりは目を細め、軽蔑しきった視線を僕に向けた。

「浪人さん、中学校の3年間は何をされてたんですか？」

「もちろん、『何もしていなかった』さ」

まゆりが文字通り頭を抱える。

あれ？　僕何か変なこと言っちゃいましたか？

「この人に勉強を教えられる自信が無くなってきました……」

「諦めちゃだめだ！　諦めたらそこで試合終了、代わりに僕の浪人生活がもうちょっとだけ続くことになっちゃうぞ！」

はああ、と深い深いため息をついた後、まゆりは顔を上げた。

「こうなったら最後まで付き合ってあげます。浪人さん、まずは負の数という概念を理解してください！」

「ふ、負の数……？」

「ゼロより小さい数ってことです！　ええと、問題集……ここです。ここに解説が書いてありますから、とにかく計算問題を解いてください！」

まゆりがちゃぶ台の上に数学の問題集を叩《たた》きつける。

表紙には『中学一年生の数学』と書かれていた。

「わ、分かった。とにかく解いてみる」

僕はペンを握り、問題集と向かい合った。

当たり前のように、負の数がどうのこうのと書いてある。

まさか、ゼロより小さい数がこの世に存在するなんて……。

と、そのとき部屋のチャイムが鳴った。

「浪人さんは問題をやっててください。私が出ます」

「あ、ああ。任せる」

よし、とにかく今は問題に集中だ。

とにかく、ゼロより小さくなったら数字にマイナスがつくのは分かった。

――で、どうしてマイナス同士を掛け算したらプラスになるんだ？

僕が悩んでいると、玄関の方でドアが開く音がした。

何気なくそちらの方へ顔を向けた僕は、まゆりの背中越しに、玄関の向こうに立ちつくす人影を見た。

「か、海地くんの部屋から女の子が……⁉」

霧島さんだった。

……あれ、この状況、なんかヤバくない？

「あなた誰ですか」

まゆりが怪訝《けげん》な声で訊く。

「わ、私は霧島澪音。ええと、昨日このアパートに引っ越してきたの」

「そうですか。私は神尾まゆりです。あなたは、浪人さんとはどういう関係なんですか」

「ろ、浪人さん？　海地くんのこと？」

「ちょ、ちょっと待って！」

　反射的に僕は二人の間に割って入っていた。

「あ、海地くん！　良かった、私もしかして部屋間違えちゃったかと思って」

　霧島さんが安心したように笑う。

　その一方で、まゆりは訝《いぶか》しげな顔を僕に向ける。

「この人、一体どなたですか？」

「霧島さんだよ。えーと、僕の部屋の隣の人」

「どなたかが引っ越されてきたのは知っていましたが……あれ、その制服、もしかして全能寺学園の方ですか？」

　まゆりが霧島さんに訊くと、

「あ、うん。そうなんだよ。今日が入学式だったの」

「ふーん。優秀な方なんですね」

「ううん、違うの。全能寺学園に合格したのは海地くんのお陰なんだよ。海地くんが受験票を届けてくれたから……」

「へー。浪人さん、たまにはいいことするんですね」

「あ、あはは、まあね」

と言いつつ、僕はまゆりを台所の隅に誘導した。

霧島さんの死角にあたる位置だ。

まゆりが眉間に皺《しわ》を寄せる。

「なんですか、浪人さん」

「その浪人さんと呼ぶのをやめてくれ。特に霧島さんの前では」

「どうしてですか」

「言ってないんだよ、僕が高校浪人だってこと」

首を傾げるまゆりだったが、一瞬後にはすべてを理解したように深く頷いた。

「なるほど、分かりました。浪人さんとお隣さんの間には何らかの事情があるわけですね？」

「うん、そんなところ。とにかく今はこの状況をなんとか誤魔化さなきゃいけないんだ」

僕が浪人生であることを知れば。霧島さんはきっと、受験票を届けたせいで試験に間に合わなかったのだと自分を責めるだろう。

「あのー、二人ともどうしたの？　もしかして私、来ちゃいけないときに来ちゃったかな？」

霧島さんが申し訳なさそうに言う。

僕は慌てて両手を振った。

「いや、違うんだよ。全然そんなことなくて。引っ越しの挨拶をしてただけだよ。な、まゆり」

「そうです。引っ越しの挨拶をされていただけです。お家《うち》に上がっていたのは、たまたま話が盛り上がってしまったからで、深い意味はないのです」

僕らの弁解に、霧島さんは納得したような顔をした。

「なんだ、そういうことだったの。ごめん私、なんか変な誤解してたみたい」

「そ、そうか。分かってくれたなら良いんだ。ところで霧島さんは僕の部屋に何の用だったの？」

「ああ、忘れてた。あのね、これから夕飯の支度なんだけど、良かったら海地くんも一緒にどうかなって」

「え、それって夕飯ご馳走《ちそう》してくれるってこと？」

「うん——あ。手料理じゃなくて、買って来たお惣菜《そうざい》とかだけど」

「何言ってんだよ。すごく嬉しいよ」

僕が言うと、霧島さんはまゆりの方を向いて、

「せっかくだからまゆりちゃんも一緒にどう？」

「お二人がそれで良いのでしたら……」

「ああ、ぜひそうしなよ。じゃあ霧島さん、僕ちょっと片付けがあるから」

「分かった。じゃあ私、準備して待ってるね」

「ああ、絶対行くよ。それじゃ後で」

「うん」

霧島さんが頷いた。

よし、この場は何とか凌《しの》ぎ切った。

まゆりと目が合う。

彼女も安心したような顔をしていた。

僕らはアイコンタクトを交わし、そっとドアを閉めようとした――そのときだった。

「ところで、『浪人さん』ってどういうこと？」

霧島さんの一言に、僕は身動きが取れなくなった。

眼球だけを動かして隣を見ると、まゆりも同じように固まっていた。

そんな僕らを前に、霧島さんは繰り返す。

「『浪人さん』って、どういうこと？」

「え、えーっとそれはだねぇ……」

「あっ、あの、私は『苦労人』さんと言ったんです！　浪人さんじゃありません！」

僕の隣でまゆりが助け船を出してくれる。

サンキューまゆり。霧島さんの聞き違いってことで誤魔化す作戦だな？

「苦労人？　確かに海地くんは苦労人かも……」

納得したような顔をする霧島さんに、まゆりが畳みかける。

「そうでしょう。高校受験失敗して浪人しちゃうなんて、相当な苦労人です」

そうそう、高校受験失敗するなんて僕もかなりの……あれ？

一瞬の違和感の後、僕はその正体に気が付いた。

「まゆりッ！　言ってる言ってるっ！」

「――はっ、言ってしまいました！」

この大馬鹿野郎っ！

慌てて霧島さんの方を見ると、彼女は唖然《あぜん》とした表情を浮かべていた。

「高校受験失敗したの、海地くん？」

「……あ、はい」

僕は正直に答えた。

もはや言い逃れはできなかった。

霧島さんは何かを思い出すように視線を彷徨わせ、

「確かに昨日も入学式なのに寝坊するし、帝変高校の制服も着てなかったし、変だなぁとは思ってたんだけど、そういうことだったの」

「そういうことだったんです……」

「もしかして、私に受験票を届けてくれたから試験に間に合わなかったの？」

沈痛な面持ちでこちらを見る霧島さん。

「い、いや、気にしないでよ。僕のことだから、どうせ間に合ってたとしても名前書き間違ったりして不合格だったよ。霧島さんのせいとかじゃないから大丈夫。あははは」

無理やり上げた笑い声があまりにも情けなくて、僕は悲しくなった。

そんな僕を見たまゆりが、庇《かば》うような口ぶりで言う。

「大丈夫ですよ浪人さん！　石の上にも三年という言葉があります。諦めないでください！」

「三年も経《た》ったら僕は民法上の成人だ！　どんな顔して高校生に交じればいいんだ！」

「すみません、三年は言い過ぎでした」

「そうだろうそうだろう」

「浪人さんなら六年はかかるかも……」

「より悪化してる⁉」

「何言ってるんですか、受験勉強をナメないでください！　浪人さんの頭なら六年でも短いくらいです！」

「く――悔しい、でも言い返せない！」

僕とまゆりが丁々発止の激論を交わしていると、不意に霧島さんが口を開いた。

「受験勉強？　ああ、そ、そうだよね。浪人ってことは、また高校受験するってことだもんね。……あ、それじゃ海地くん、私と同じ高校に行こうよ！　そうすれば登下校の時だけじゃなくて、学校でずっと一緒にいられるよ！」

「……え、な、なんだって？　どういうこと？」

「ほら、前にさ、二人とも合格したら一緒に通学できるかもって話したの覚えてる？」

確か初めて会ったとき、そんな話をしたような気もする。

「覚えてるけど……」

「だから、もし海地くんが全能寺学園を受験して合格したら、一緒の学校に行けるってこと。ね？　一緒に頑張ろうよ。私、勉強教えてあげるから！」

「霧島さんが僕に勉強を？」

「そうだよ、一緒にがんばろう！　海地くんが高校落ちちゃったのは私にも責任あるし、私、海地くんと一緒に学校行きたいし――って」

不意に霧島さんが我に返ったように真顔になる。

それから、照れたように笑って、

「……わ、私何言ってんだろ。ごめん、こっちばっかり喋っちゃって。海地くんは海地くんの行きたい学校に行くべきだよ。うん。変なこと言っちゃった。忘れて」

「――いや、霧島さん。僕、行くよ」

「え？」

「僕、全能寺学園受けるよ。ちょうど新しいクラスができるらしくて。そこなら僕も頑張れば合格できそうだから、全能寺学園受ける。そして、来年から一緒に学校に行こう」

僕を見上げる霧島さんの瞳が、徐々に明るく輝きだした。

「本当に⁉　やっぱり私と海地くんの出会いは運命だったんだね！」

霧島さんが僕の手を取って上下に振る。

いきなり手を握られて、僕は心臓が口から飛び出そうになった。

霧島さんレベルの綺麗な女の子にそんなことをされれば、誰だってそうなるだろう。けして僕が女性慣れしていないというわけじゃない。

「だけど、良いの？　霧島さんだって入学したばかりで大変だろ？　僕の勉強まで見てもらうのはやっぱり悪いよ」

僕が言うと、霧島さんは大げさなくらい首を振った。

「そんなことない！　大体、私が高校に合格したのも海地くんが受験票を拾ってくれたからだし、海地くんのためなら私、頑張れる！」

薄桃色の形の良い唇を真一文字に結び、覚悟を決めたような顔で霧島さんが言った。

そこまで言われたら——僕も、頑張れるような気がしてきた。

「分かった。僕もできる限り勉強する。だからよろしく、霧島さん」

「うんっ！」

霧島さんは弾んだ声で返事をして、一層強く僕の手を握った。

だけど全然痛くなくて、むしろ気持ちいいくらいだった。無論、僕が痛いのが好きというわけではなく。

ふと気づくと、隣でまゆりが不機嫌そうに頬を膨らませていた。

「どうしたんだよ、まゆり」

「……なんか、ムカつきます」

「なんでさ」

「私しか頼る人がいないみたいなこと言っときながら、お隣さんとも随分仲が良さそうじゃないですか。この様子なら、私の手助けは要りませんね」

「……嫉妬か？」

僕が言うと、まゆりはますます不機嫌そうな顔になり、

「ち・が・い・ま・すっ！」

と、怒鳴った。

「なんだよ、急に怒るなよ」

「別に怒ってません。ま、せいぜい仲良くすればいいじゃないですか。私はお邪魔みたいなので自分の部屋に戻ります。明日も学校ですから」

「お、おい、待てよ」

「では、ごきげんよう」

まゆりは僕の方を見もせず、部屋を出て行こうとした——のだが。

「ねえ待って、まゆりちゃん」

霧島さんの声にまゆりが足を止め、目を細めながらこちらを振り返る。

「なんですか」

「海地くんを合格させるためには、まゆりちゃんの力が必要だと思う」

「……どうしてですか」

「だって、お話ししてるときのまゆりちゃんと海地くん、すごく楽しそうだもん。勉強するのだって楽しい方がいいでしょ？　だから、まゆりちゃんが居てくれた方が絶対良いと思うの。私にとっても……それから、海地くんにとっても」

僕とまゆりが楽しそう？

一体どこをどう見たらそう見えるんだ？

「悪いんだけど霧島さん、僕はただまゆりに嫌味や皮肉を浴びせられてるだけで、別に会話が弾んでるわけじゃないんだぜ。大体こいつとは昨日会ったばかりで、まゆりだって僕のことを不審な隣人くらいにしか思ってないはずだし。な、まゆり――」

と、僕はまゆりの方を見た。

てっきり、当たり前です浪人さん、とか、悔しいですけど仰る通りです、浪人さんにも人の心を理解できるだけの知能があったんですね、とか言われるんじゃないかと思っていた。

しかし。

実際にはそんな言葉が飛んでくることはなく、むしろ――まゆりは、なぜか顔を赤くしたまま俯《うつむ》いてしまった。

「ま、まゆり……?」

予想外の反応に僕が戸惑っていると、横から霧島さんが、

「海地くんはどう?」

「え? ええと――それはまあ、僕もまゆりが勉強教えてくれるなら助かるなあとは思うけど」

僕がそう答えるや否や、まゆりは顔をあげた。

「そうですか。まあ、浪人さんがそう仰るのならしょうがないですね。年下の女の子に勉強を教わらないといけないなんて、本当にどうしようもない浪人さんですね。しかし、ど

うしてもと仰るのであれば仕方なくお教えしてさしあげましょう。私、浪人さんには優しいので」

一見さっきまでと同じく不機嫌そうな顔をしているが、僕はその口角が少し上がっているのを見逃さなかった。

まったく、クールビューティって何だったんだよ。

「じゃあ、早速明日から勉強会始めるから。一緒に頑張ろうね、海地くん」

再び霧島さんが僕の手を握る。

もう一度僕の心臓が高鳴った。

「あ、うん、ガンバル……」

僕がそう答えたとき、風呂場の方で物音がした。

驚いて振り返った瞬間、風呂場のドアが内側から勢いよく開け放たれ、一人の女性が姿を現した。

「面白そうなことになってるねぇ。私も一枚嚙《か》ませてよ」

「み、巫女子姉さん⁉　なんで僕の部屋の――それも風呂場に⁉」

「昔みたいに身体洗ってあげようと思って一日中スタンバってたんだけど、しげる君全然来てくれないからつい出てきちゃった」

そう言って舌を出す巫女子姉さんは、なぜかバスタオルを身体に巻いていた。

バスタオルだけを。

そしてその裾から覗く白い太腿《ふともも》や胸元の感じを見るに、まさか……。

「姉さん、もしかしてそのバスタオルの下は――ッ！」

「うん？ あ、まさか気になってる？ じゃ、しげる君にだけ特別サービス」

巫女子姉さんがバスタオルを押さえていた手を放した。

ヤバい！ 不摂生な生活を送り続けてきた結果培われた20代後半独身女性の哀《かな》しい裸体が白日の下に晒《さら》されてしまう！

そんなものをまゆりや霧島さんに見せるわけにはいかない。

僕はバスタオルを押さえつけるべく巫女子姉さんの元へ駆けだした。

が、そんな僕の努力も空《むな》しく、バスタオルは僕の目の前で地球の重力に従い自由落下してしまった。

「――っ⁉」

「残念、水着でしたー」

そう。

バスタオルの中から現れたのは、水着姿の――そこそこ際どい、サイドを紐《ひも》でとめるタイプの水着姿の巫女子姉さんだった。

そして僕は、その瞬間には既に巫女子姉さんのバスタオルを押さえるべく彼女めがけて飛びかかっており、僕もまた重力に従い自由落下している最中だった。

結果。

衝撃と共に、僕は巫女子姉さんともつれ合うようにして倒れこんでしまった。

「……痛……く、ない？」

むしろ柔らかい。

着地のとき思わず瞑ってしまった目を開けると、僕の眼前にあったのは――。

「もう、しげる君ったら大胆……」

年甲斐《としがい》もなく顔を赤らめる巫女子姉さんと、自称88センチある彼女の胸だった。

つまり巫女子姉さんのおっぱいがクッションになったことで、僕は事なきを得たというわけだ。

そうかそうか良かった良かった――じゃねぇ！

「お、おわあああっ！　な、何をするだあああああっ！」

思わず仰《の》け反《ぞ》り、壁際まで後ずさる僕。

「襲い掛かって来たのはしげる君の方でしょ？　ほんと、素直じゃないんだから」

「な、何言ってんだよ！　誤解されるだろ！」

ふと視線を感じ、僕は玄関の方を振り返った。

案の定、霧島さんとまゆりが僕をなんとも言えないような目で見ていた。

「……浪人さん、不潔です」

「ち、違うんだまゆり！　僕はただバスタオルを押さえようとしただけなんだ！　分かってくれるよね、霧島さん⁉」

「う、うん。海地くんがそういうならそうなんだろうね。べ、別に誤解してないよ。海地くんが水着姿の大家さんに、よ、欲情してたなんて、思ってないから」

目が泳いでるよ霧島さんンンッ！

「そんなことよりさ、さっきの話の続きだけど」

豊満な胸を揺らしながら巫女子姉さんが立ち上がる。

布面積の少ない水着から伸びるすらりとした白い脚がやけに目についた。

「さっきの話ってなんだよ」

「ほら、しげる君の勉強の話。私も交ぜてよ」

「巫女子姉さんを？　でも姉さん、勉強得意なの？」

僕が訊くと、姉さんは得意げに胸を張った。

「ふっふーん。私だって一応国立大出てんだからね。中学生の勉強なんてお茶の子さいさいよ」

へえ、そうだったんだ。

巫女子姉さんの学歴なんて気にしたこともなかったから、ちょっと意外だった。

「ということは、私たち三人は海地くんを合格させるためのチームってことで良い……ですか、大家さん？」

霧島さんが巫女子姉さんの方を見る。

「モチのロンよ。しげる君、大船に乗ったつもりでいてね！　私たち『チーム田折荘』が必ずあなたを合格させてあげるわ！」

「任せて、海地くん！」

「……浪人さんほどのおばかさんを受からせれば、私の優秀さが証明されるというものです」

「あ、ああ。みんな、よろしく」

三人に気圧《けお》されながら、僕はそう答えるしかなかった。

「じゃあ早速、今後の作戦会議ね！　私、澪音ちゃんたちの歓迎会もしようと思って色々準備してたのよ。私の部屋に招待するわね！」

「本当ですか！　私も夕飯の準備をしているところだったので……準備して持っていきます」

「へー、澪音ちゃんお料理得意なの？　お手並み拝見させてもらうわ」

口々に何かを言いながら、巫女子姉さんを筆頭に三人は僕の部屋を出て行った。

なんだか嵐が去った後みたいな気持ちになって、僕は一つため息をついた。

――かくして、僕を高校へ合格させるためのタスクフォース、『チーム田折荘』は結成されたのだった。

そして来年度、僕は晴れて全能寺学園に入学——するかどうかは、結局僕次第って話になるんだろうなあ……。

第二話「E判定のEって何っすか？」

「浪人さん、ここの数式間違ってますよ」

「……あ、ああそっか。マイナスからマイナスを引くわけだから、当然マイナスのままだよな」

「そうそう、マイナスは積み重なっていくのです。浪人さんの人生のようにね」

「うるせー馬鹿。全然うまいこと言えてねえぞ」

『チーム田折荘《たおれそう》』の結成から数日後。

夕方になり、僕はまゆりから数学を教わっていた。

勉強会は毎週月曜から金曜の五日間、午後7時から行われることになった。

数学と理科がまゆり、国語と英語が霧島《きりしま》さん、そして社会が巫女《みこ》子姉さんの担当で、上記の順番でローテーションを組むというスケジュールになっている。

今日は月曜日だから、まゆりが数学を教えてくれる日、というわけだ。

「それにしても、浪人さんは気の多い人ですね」

ちゃぶ台を挟んで反対側に座るまゆりが、参考書の解説欄を眺めながら言った。

「どういう意味だよ」

「最初は私だけに声を掛けていたくせに、お隣さんの霧島さんや、あまつさえ親戚である大家さんにまで手を出すとは。下半身が何股に分かれてるんですか？」

「おいおい、それじゃまるで僕が性欲の化身みたいじゃないか。勉強を教えてもらってるだけだろ？　下心なんて一切ないよ」

「一切？」

まゆりが疑《うたぐ》るような目を僕に向ける。

内心を見透かされたような気がして、背中を冷たい汗が流れた。

まゆりや巫女子姉さんはともかくとして、霧島さんに関していえば――やましい気持ちが全くないというわけでは、ないかもしれない。

勉強中につい手と手が触れ合っちゃったりするかもしれないし、そもそも自室に綺麗《きれい》な女の子と二人きりというシチュエーション自体に価値がある。

何度も会ったり話したりするうちに好きになっちゃうという心理現象もあると聞くし、そういう狙いが皆無かと言われれば……。

「いや、まあ、下心が一切ないは言いすぎか。そりゃあ僕だって健全な男子だから、全くない訳じゃない。でも、勉強を教えてもらうことが最優先の目的であることに嘘《うそ》はないぜ」

「つまり、私に興味がないわけではないと？」

「え？　どうしてそこでまゆりが出てくるんだよ」

「……っ！」

思いきり脛《すね》を蹴られた。

悶絶《もんぜつ》する僕。

「な、何すんだよ……！」

「別に何もしてません。ほら、早く問題解いてください。時間がもったいないですよ。ただでさえ周りより一年も遅れてるのに」

つん、と僕から顔を背けながらまゆりが言った。

一体何が気に入らなかったんだ？

僕はこの黒髪無愛想少女のことがよく分からない。

目の前の数学の問題と同じくらいにな！

「……ほら、このページは終わったぞ。採点してくれよ」

「仕方ありませんね。まったく、年下の女の子に答え合わせしてもらうなんて恥ずかしくないんですか？」

「高校浪人の僕にはもう恥という概念はないんだよ。残念だったな」

「……あ、そうですか」

「ちょっと待てなんだその目は。何が言いたいんだ」

「いやぁ、人として終わっちゃってるなあと思って……」

「うるせえよ。お前もこうなりたくなけりゃちゃんと勉強しろよ」

「やっちゃった人の末路が目の前に居ると思うと、嫌でも頑張らなきゃと思いますよね。ほら、採点終わりましたよ」

まゆりが僕に丸付けが終わった問題集を見せる。

正答率は案外高かった。

いや、むしろこれが僕の実力なのかもしれない。

「意外と解けてんじゃん」

「……ですね。私も浪人さんに一般的な中学一年生並みの知能があって安心しているところです」

「フッ、これなら試験も余裕だな」

「何をバカなことを言ってるんです。何度も言いますがこれは中一の4月に習うところなんですよ。浪人さんはあと二年と十一ヵ月分の勉強をしないといけないんです。数学だけじゃなく、他の科目もです」

「今の僕ならその程度余裕だぜ。受験界に革命を起こしてやる」

僕が言うと、まゆりはわざとらしくため息をついた。

「そんなことばかり考えてると足元を掬《すく》われますよ。もう一度現実を見直した方が良さそうですね」

まゆりがスマホをちゃぶ台の上に置き、画面を僕の方に向ける。

そこには、『高校入試実践模試』の文字が並んでいた。

「……模試？」

「そうです。４月末に予定されているこの模試を受けて、浪人さんは自分の実力を思い知るべきです」

「どうかな？　僕の実力を思い知るのはまゆりの方かもしれないぜ」

「……本当に口数の減らない人ですね。とにかく、私が申し込みをしておいてあげますから浪人さんは対策をきちんとしておいてください。いいですね」

※

「海地くん、模試受けるの？」

今日は水曜。霧島さんに国語を教えてもらう日だ。

「そうなんだよ。まゆりが受けろって言うからさ」

「それ、いつあるの？」

「4月末だって。だから、あと二週間ちょっとは時間があるわけだな」

全能寺学園《ぜんのうじがくえん》のブレザーを着たままの霧島さんは、考え事をするように視線を横に向け

て、

「二週間ってことは、実質的に私が担当できるのは４日だから、その期間で受験の頻出分野を押さえるとなると……うん。分かった。海地くんがそういう予定なら、私もそれに合わせて頑張る」

霧島さんは僕の目を見ながら、力強くそう言ってくれた。

「お、おう、ありがとう」

「志望校はやっぱり全能寺学園なの？」

「ああ。つっても、偏差値80も要らないって噂《うわさ》の普通クラスだけど」

「でも、私と同じ学校だね」

心底嬉《うれ》しそうに霧島さんが笑う。

「気が早いよ。まだ受かったわけじゃないし」

「大丈夫。こんなこともあろうかと準備しておいたものがあるの。これを見てくれる？」

「これ？」

「そう。私なりに古典の単語と文法をまとめてみたんだけど……」

霧島さんがちゃぶ台の上に置いたのは、一冊のノートだった。

表紙には可愛《かわい》らしい丸文字で『古典暗記対策』と書いてある。

ページをぱらぱら捲《めく》ってみると、暗号のような——恐らくは古典の単語とか文法とかなのだろうが——文章の解説が、分かりやすく色分けされて記されていた。もちろんすべて手書きだ。そんなページがノートの最初から最後まで続いている。

霧島さんが僕に勉強を教えてくれることになったのが先週の話だから、彼女はこの一週間弱でこれを完成させたってことになる。

……ありがとう霧島さん。僕、人生史上最高に勉強する気になってきたぜ！

「よし、これを暗記すればいいんだな⁉」

「う、うん。ちゃんと覚えられたら、古文と漢文の点数は取れるようになると思う」

なるほど。

早速一ページ目を開く。

ええと、『今は昔、竹取の——』。

「……くん、海地くん！」

「はっ⁉　な、なんだ、どうしたんだ⁉」

気が付けば僕は霧島さんに身体《からだ》を揺すられていた。

霧島さんの顔が目の前にあって驚いた。

「海地くん、大丈夫⁉」

「な、何があったんだ⁉」

「ノートを見始めたかと思ったら、いきなり机の上に倒れちゃったんだよ⁉」

「なん……だと……!?」

言われてみれば額の辺りが痛い。

倒れたときにちゃぶ台でぶつけたに違いない。

本当に意識を失っていたらしい。

「大丈夫？　体調悪いの？」

心配そうに僕の顔を覗《のぞ》き込《こ》む霧島さん。

しかし体調は悪くない。むしろやる気に満《み》ち溢《あふ》れているくらいだ。

だが、僕が意識を失う前の記憶――それは、古文を読んでいた記憶だ。

となると、僕が気絶した原因はその古文にあると考えるのが必然。

つまり。

僕の脳が――古文を拒絶した、ということになる。

「すまない霧島さん。こんなに素晴らしいノートを作ってくれたのに――僕の脳が、身体が、理解することを拒んでいるらしい……っ！」

「そ、それってどういうことなの？」

困ったようにまばたきをする霧島さん。

「僕は今この上なく勉強する気になっている。しかし！　僕の脳がこのノートのレベルについていけていないんだ！」

「え、えーと、だから、その……」

霧島さんがますます困っている。

困っている霧島さんも可愛い――とか考えてる場合でもなく、すべては僕の頭が悪すぎるせいだ！

どうして微塵《みじん》も勉強しなかったんだ、僕。

……でもまあ、やりたくなかったんだからしょうがないよね。

とにかく、霧島さんの頑張りに応えなければ男じゃない。

ここは勉強会を中断して、僕が一人でこのノートに挑むべきだろう。

「あの、霧島さん。僕から提案が……」

「つまり、海地くんをもっとやる気にさせれば良いってこと？」

「え？」

戸惑う僕の前で、霧島さんの独り言は止まらない。

「二週間で模試を受けるためには時間をロスしている余裕はない――ということは脳に何らかのショックを与え勉強することへの拒否感を緩和することが必要――この状況下で海地くんの脳に効果的なショックを与えモチベーションを引き出す方法――であれば、答えは一つです！」

「そっ——その答えとは⁉」

霧島さんが自信ありげな笑みを浮かべる。

「はい。海地くん——もしあなたが模試で全能寺学園Ａ判定が出たら、私の胸を触らせてあげます！」

なっ。

なっっ。

なんだってぇぇえっ⁉

「きっ、霧島さん、それは本気なのかっ⁉」

「あっ、当たり前です！　海地くんが頑張る以上、私も頑張らなければなりませんっ！」

頑張る方向そっちで合ってるの⁉

いや僕としては嬉しいけれども⁉

改めて霧島さんの身体を舐《な》めるように——もとい、きちんと見直す。

華奢《きゃしゃ》な身体つきだが、手足はすらりと長い。何の変哲もない全能寺学園のブレザーがめちゃくちゃ似合っている。

そして肝心の胸囲だが……今まで全く気にしていなかったけど、小柄な割に存在感がある。隠れ巨乳と呼ぶやつかもしれない。

こ、この双丘を、僕が撫《な》で繰《く》り回《まわ》して良いというのか⁉

そんなことしちゃったら、いつか全世界の男たちからリンチに遭うんじゃないのか⁉

「お……おぉ……」

「か、海地くん！　触っていいのは全能寺学園にA判定が出てからです！」

「ああ、ご、ごめん」

思わず霧島さんの胸の辺りに手が伸びていた。

この下品な右手め、勝手なことを！

手を引っ込め、改めて霧島さんに向き直る。

霧島さんは自分の胸の辺りを隠すように両手を交差させながら、口を開いた。

「だから海地くん、全能寺学園に合格できるよう勉強してくださいね」

「わ、分かった。もちろん……あれ？」

「どうしました？」

「霧島さん、敬語になってる」

「！」

驚いたように口元に手をあてる霧島さん。

自分では気づいていなかったらしい。

「本当だ。いつからだろ……」

「敬語の方が喋《しゃべ》りやすいの？」

「ううん、そんなことはないんだけど……ちょっと緊張してたのかも」

「緊張？」

「当たり前だよ。だって、男の子に、む、胸を触らせてあげるなんて、普通言わないでしょ？」

よく見ると霧島さんは耳まで赤くなっていて、目元には涙が浮かんでいた。

相当恥ずかしかったらしい。

それなのに僕のために――。

胸の奥で何かが目覚めたような気がした。

そうか、理解した。

これが、この感覚こそが――萌《も》えなのだ。

「霧島さん……僕は勉強の鬼になるよ。各地の予備校や文部科学省さえも泣いて逃げ出すほどのね」

「う、うん。海地くんがやる気になってくれたなら良かった」

安心したように笑う霧島さん。

ああ、任せてくれ。

絶対にＡ判定を叩《たた》きだして――霧島さんのおっぱいを文字通り手中に収めてやる。

※

「……え？　模試でA判定出して澪音《れいん》ちゃんの胸を揉《も》む？」

「しーっ！　巫女子姉さんは声がでかいんだよッ！」

金曜日。

今日は巫女子姉さんの社会科の日だ。

どうして姉さんが社会なのかと言えば、唯一の社会人だからだ。

社会人＝社会に詳しい＝社会科も得意というのが巫女子姉さんの唱える理論らしい。

……昼間から部屋に引きこもってビールばかり飲んでいる姉さんを社会人と呼ぶのかについては甚だ疑問だし、むしろ社会不適合者に類する人物に社会を教えてもらうということについての矛盾を感じなくもなかったが、本人がどうしても社会を教えると言って聞かなかったそうなので、ここは素直にご教授いただくことにする。

どちらにせよ、最終学歴が大卒というのは、学歴において中卒の僕よりはるかに格上であることに間違いはないのだ。

「それにしても全能寺学園ねぇ。あそこって偏差値80超えとかなんでしょ？」

「いや、普通クラスができるらしくて。そこなら下手な県立よりも偏差値低いらしくて」

「ふーん。確か、県立高校か有名私立に合格ってのが絶対条件だったわよね？」

「そうそう。姉さん良く知ってんじゃん」

「しげる君のご両親に嫌というほど聞かされたからね。ウチの息子をきちんと監督してくれって」

そうだったのか……。

しかし巫女子姉さんに監督役をさせるなんて、ウチの両親は人を見る目がないのではないだろうか……。

「じゃあ姉さんが僕に勉強を教えてくれるのは、僕の生活を監督するためなのか？」

「まさか。私はただ一秒でも長くしげる君と時間を共有したいだけ。それにしても胸を触らせてあげるなんて、あの子も見かけに寄らず大胆よね。でもしげる君、私なら胸だけと言わず好きなところどこでも触らせてあげるけど？　どこが好き？　お尻？　太もも？　首すじ？　それとも別のスジ？」

「……寡聞にして何が仰《おっしゃ》りたいのかよく分かりませんねぇ」

「もう、分かってるくせに。しげる君のエッチ」

そう言って僕の肩に体を摺《す》り寄《よ》せてくる巫女子姉さん。

ノースリーブのシャツから覗く白い腕の感触が、ダイレクトに僕に伝わった。

「……暑いんだけど」

「きゃあ、そんな怖い顔しないでよ。昔は一緒の布団で寝てたじゃない」

「む、昔の話だろ！　早く社会の勉強をさせてくれよ！」

「仕方ないわね。じゃあ始めましょうか」

そう言って巫女子姉さんが取り出したのは肌色面積の多いモザイクだらけの――。

「姉さん、なにこれ」

「エロ本だけど？」

「それは見ればわかる。で、これでどんな勉強を？」

「いや、大人の社会勉強を……」

「僕、実家に帰る」

「ちょ、ちょっと待ってよ！　冗談だって、冗談！」

立ち上がろうとする僕の腕に縋《すが》りつく巫女子姉さん。

大学で何を勉強してたんだ、この人は！

僕は渋々ちゃぶ台の前――巫女子姉さんの隣――に座り直した。

「あのね姉さん。僕だって真面目に勉強しなきゃと思ってんだから、水を差すようなことはしないで欲しいな」

「はいはい、分かりましたよ。隣の部屋の女の子の胸を揉みたいとかいうから、てっきり欲求不満なのかと思っただけですよ」

エロ本をちゃぶ台から降ろす巫女子姉さん。

「……で、僕は何をすればいいんだよ」

「え？　うーん、とりあえず適当にやれば？」

「て、適当に？」

巫女子姉さんは頷《うなず》く、

「社会科の問題って暗記してなきゃ解けないものばかりじゃない？　ってことは、私がしげる君に教えられることってほとんどないわけじゃん。結局はしげる君が覚えるか覚えないかの問題だから」

「そ、それは――」

確かにそうかも。

僕が覚えない限り、社会の問題を解けるようにはならない――それは一理ある。

なるほど、自分が変わらなければ先には進めないってことか。

僕は歴史の教科書を手に取った。

……くっ！　世界四大文明の名前とその近くにあった河川の名前なんて簡単に覚えられないよっ！

「しげる君」

「なんだよ、今集中してんだから」

「今、『世界四大文明の名前とそれに関連する河川名なんて覚えられないよ』とか思わなかった?」

「……なんで分かったんだよ」

「もちろん分かるよ。君と私の仲でしょ?」

巫女子姉さんが澄んだ瞳で僕の顔を覗き込む。

「………」

また、恥ずかしげもなくそんなことを言って。

一体この人は僕をからかってるのか? それとも本気で言ってるのか?

「というわけで、お困りのしげる君のためにこんなものを用意しました」

巫女子姉さんが机の上に置いたのは、B4サイズくらいの分厚い紙束を強引に閉じ紐《ひも》で留《と》めたものだった。

「何、これ」

「その台詞《せりふ》は中身を見てから言ってくれる?」

言われるままに中身を見ると、そこには二次元美少女があられもなくいやらしい姿で描かれていた。

あからさまなエロではないが、衣装で微妙に隠れた局部や羞恥に耐えるような表情が溜《た》まらない。

「……何、これ」

「私が描いたんだけど」

「いや、これがどう勉強の役に立つんだよ」

「端っこの方を見てくれる？」

「端っこ？」

よく見ると、いやらしいイラストの隅には説明書きがあった。

メソポタミア文明（ＢＣ３０００（諸説あり）～）……？

「つまり、この性欲強そうな女の子が、メソポタミア文明ちゃん」

「……へー、完全に覚えた。こっちの褐色肌の女の子がインダス文明ちゃんか」

ヤバい。

驚くほどスムーズに頭の中へ単語が入ってくる。

「どうして暗記が出来ないかというと、それは興味がないからなの。だから、しげる君が興味を持てるようにしたのがこのイラスト集ってわけ」

な、なるほど……！

いうなればこれは美少女のイラスト集であり社会の単語集でもあるというわけだ。

僕が美少女たちの名前を覚えれば覚えるほど、社会科が得意になっていくってことだな！

エロいイラストを丸暗記してしまう僕の脳には失望したが、その性質を逆手に取った巫女子姉さんの戦略には脱帽した。

「……このやり方、僕の性格を完全に把握した完璧な勉強法だよ。ありがとう巫女子姉さん」

僕が言うと、巫女子姉さんは嬉しそうな笑みを浮かべ、

「お礼なんていらないわ。君と私の仲でしょ」

優しい声音でそう言った姉さんは、いつもの自堕落な大家さんではなく、小さいころから僕を可愛がってくれたあの美人なお姉さんだった。

姉さん、僕は姉さんを誤解していたよ。

こんなに僕のことを考えてくれていたなんて——って。

よく考えたらこの人、ただエロイラストを描いてくれただけだよな？

いや、それはそれで十分すごいしありがたいことなんだけど、10歳以上年下の血の繋《つな》がった親戚にこんな大量のエロイラストをプレゼントしようという思考回路は——やはりまともじゃない。

しかも褐色肌とかロリ巨乳とか妙にニッチな性癖のイラストばかりだし。

なんだか素直に喜べないな……。

まあ、これで僕の勉強が捗《はかど》るのも事実。

ありがとう、巫女子姉さん。

※

「……お隣さんの胸を触らせてもらう？」

まゆりが眉間に皺《しわ》を寄せる。

「いや、全能寺学園にＡ判定が出たらの話だよ」

「なんでそんなことになったんですか。どうせ浪人さんがお隣さんに泣きながら土下座して懇願でもしたのでしょう？」

「いや、霧島さんが提案したことなんだ」

僕が言うと、まゆりは絶句した。

「えっちぃのはいけないと思います……」

「仕方ないだろ。僕だって男だ。おっぱいの誘惑には勝てない」

「情けないことを偉そうに言わないでください。それにしても、お隣さんがそんなことを……」

言いながら、何かを思い悩むまゆり。

僕は目の前の参考書を脇の方へ退けた。

「いや、僕も意外だったよ。だけど霧島さんもそれだけ本気だってことだよね。頑張って勉強しなくちゃなあと思ったよ。やっぱり飴《あめ》と鞭《むち》の使い分けは大切だよね」

「……なんですかその言い方は。私に何を期待してるんですか」

「え？　ああ、まゆりは僕にどんなことをしてくれるのかなと……」

「馬鹿なことを言わないでください。私だって日々の学校生活に追われる中、わざわざ時間を割いて浪人さんに勉強を教えてあげているんです。だから、浪人さんが結果を出すのは当たり前のことです。甘えないでください」

ふん、と鼻息を荒くしながらまゆりが言った。

うーん、ど正論。

まあ、まゆりの胸を触ったところでまな板を撫でるのとあまり変わらないだろうし、わざわざまゆりに何かをしてもらう必要も特にはないかな——なんて、僕が考えていると、

「……ですが、浪人さんがどうしてもと言うのなら」

「どうしてもと言うのなら？」

「仕方がないので、私の頭を撫でる権利を与えましょう」

「……え？」

「だから、もし浪人さんが全能寺学園でA判定を出すことができれば、私の頭を撫でさせてあげます」

「いやちょっと待って、それ僕にメリットなくない？」

　僕の言葉にまゆりはあからさまに嫌な顔をする。

「はあ？　こんなに可愛い私の頭を撫でさせてあげると言っているんですよ？　年下の女の子に合法的に触れられる機会を提供してあげるんですから、感謝してください」

「僕は中学生の頭を撫でて興奮するような性癖は持ってない！　うわあ中学生の頭ってこんな感触なんだァ、ぐへへ（微笑）とでも言えばいいのか⁉」

「それはそれで変態すぎます！　気持ち悪いです！」

　真っ青な顔色でまゆりが叫んだ。

　確かにちょっと言い過ぎたかもしれない。

「……分かったよ。しかしそこまでモチベーションが上がらないな、その条件」

「そうですか。浪人さんはA判定を取る自信がないと？」

「何をぅ⁉　今の僕は僕史上最高レベルに知能が上がってるんだぜ？　全能寺学園（普通クラス）A判定なんて赤子の手をひねるようなものよ！」

「……ですが、あまり自信過剰なのも良くありませんね。ほんの数週間勉強しただけで3年間の遅れが取り戻せるはずもないですから。ということで浪人さん、条件を少し緩めてあげましょう」

「と言うと？」

「今度の模試でどれか一つでも半分以上点数を取れた教科があれば、私の頭を撫でさせてあげます」

「おいおい、そんな簡単な条件で良《い》いのか？　あまりにも簡単すぎると、むしろお前が頭を撫でられたがっているように思えるぜ――」

と、僕が言った瞬間、まゆりの頬に赤みが差した。

「――ろ、浪人さんのばか！　そんなわけないでしょっ！」

「本当か？　顔が赤くなってるけど」

「こ、これは、浪人さんがあまりにも失礼なことを言うので、怒りで赤くなってるんですっ！」

ふーん、そう。

それならそれでいいけど。

「あのー、まゆり。こう見えても僕、結構まゆりには感謝してるんだ。最初に勉強教えてくれるって言ってくれたのもまゆりだし、全能寺学園のことを教えてくれたのも、模試を勧めてくれたのもまゆりだろ？　頭を撫でるくらいだったらいつでもできるから、遠慮なく言えよな」

「……っ！」

脛に激痛が走る。

ちゃぶ台の下でまゆりに蹴られたからだ。

「な、何すんだよ！」

「浪人さんのくせに格好つけたことを言うからです！　浪人さんは本当にばかですね！　さっさと参考書を開いてくださいっ！」

耳まで赤くしながらまゆりが怒鳴る。

これ以上怒らせると大変なことになりそうだから、僕は素直にちゃぶ台の端に除《の》けていた参考書を開きなおした。

よーし、待ってろ模試め。

今、高校受験界に革命を起こしてやるからな。

※

そうこうしているうちに二週間が経《た》った。

ついに今日は模試当日だ。

朝日が眩《まぶ》しい。

まるで僕の未来を照らしているようだ。

ちなみに、「まるで」などの表現が使われている比喩のことを直喩という……。

フッ、国語の知識問題もバッチリだな。

受験票などの用意を済ませ、アパート前に停《と》めてあった巫女子姉さんの自転車に跨《また》がったとき、背後から声を掛けられた。

「浪人さん、いよいよですね」

まゆりだった。

いつもの黒いワンピースを着ている。

今日は土曜日。学校はお休みだ。

「ああ。この二週間のすべてをぶつけてやるぜ！」

「あまり張り切りすぎて空回りしなければ良いのですが」

「何言ってんだよ。まゆりだって僕の頑張りは知ってるだろ」

「……悔しいですが、それは認めます。浪人さんの努力は私の想像以上でした。でも、あくまでもそれはこの二週間に限った話。実際、勉強は中一の単元までしか終わっていないのです。何度も言うようですが、あまり自信過剰になると結果が出たときのショックが大きいですよ」

「おいおい、僕はこれから試験なんだぜ？　テンション下げるようなこと言わないでくれよ。まさか、そんなことを言うためにここへ来たのか？」

「いえ、大家さんが模試の会場まで送っていってくださるとのことでしたので、それを伝えに来たんです。そうじゃなきゃ、わざわざ浪人さんに声なんてかけません」

「本当は僕が心配で様子を見に来たんじゃないの——や、やめろ！　無言で僕の脛を蹴るな！」

「意味不明なことを言うからです。……あ、大家さんですよ」

まゆりの声と同時に、アパートの裏手の方から車のエンジン音が聞こえて来た。

かと思えば、真っ赤な外車が姿を現し、ちょうど僕とまゆりの前に停車した。

運転席の窓が開き、紺色のジャケットを羽織りサングラスをかけた女性が顔を覗かせた。

うわ、すっげえ美人。

一体この人どこの誰——？

「やっほー、しげる君。どちらまで？」

「……え。巫女子姉さん？」

「うん、そうだけど？」

美人のお姉さんがサングラスを外し、はっきりした顔立ちが露《あらわ》になった。

一見仕事のバリバリできるＯＬって感じだけど、丁寧にメイクが施されたその顔は、よく見れば巫女子姉さんのものに間違いなかった。

ジャケットの下には黒のタートルネックを着ていて、胸の辺りの生地がはちきれんばかりに伸びきっている。

「姉さん、なんでそんなに気合入ってんだよ……」

「しげる君が頑張るって言うなら、私もちょっとやる気見せないとと思ってさ。澪音ちゃんも一緒だよ」

巫女子姉さんの言葉を合図にしたように後部座席の窓が開き、霧島さんが顔を出した。

「あ、あのね、みんなで海地くんを送ろうって話になって……」

霧島さんはどこか恥ずかしそうに言った。

「そ、そうか。分かった。ありがとう」

霧島さんにつられ、僕も言葉がたどたどしくなってしまった。

「しげる君は助手席ね」

巫女子姉さんに言われるまま、僕は荷物を片手に車の助手席に座った。

お邪魔します、と小声で言いながら、まゆりも後部座席に座る。

「っていうか巫女子姉さん、車運転できたの？」

「一応ね。ジュリアちゃんよ」

「え？　ジュリア？」

「この車の名前。さ、シートベルトしめた？　出発するわよ」

巫女子姉さんがアクセルを踏み込み、僕らを乗せたジュリアちゃんは発進した——瞬間、大きく揺れて止まった。

「ね、姉さん、大丈夫なの？」

「だ、大丈夫大丈夫。私に任せて」

声が震えてますけど⁉

車内が静寂に包まれる中、巫女子姉さんは再びエンジンをかけ直し、今度こそジュリアちゃんは発進した。

「……そ、そうだ、海地くん。会場につくまで英単語の確認しようか！」

霧島さんが、車内の暗い空気を振り払うように、わざとらしいくらい明るい声で言った。

「あ、ああ、そうだね。何か問題出してよ」

「えーっとね、それじゃあ……『difficult』の意味は？」

「余裕余裕。『異なった』だろ」

「……え？」

「え？」

車内に再び沈黙が訪れる。

「か、海地くん、『difficult』は難しいって意味だよ。『異なった』は『different』」

「……ああ、そうだったそうだった。いやいやうっかりしてたよ、あはは。つ、次の問題は？」

「そ、それじゃあ、『think』は？」

「よ、余裕だよ。『感謝する』」

「『感謝する』は『thank』だよ……」

「………」

僕の背中を冷たい汗が伝っていった。

バックミラーで霧島さんの顔を見ると、どこか青ざめているような気がした。

「き、気にしないで海地くん！　それより切り替え切り替え！　たまたま分からない単語だったのかもしれないし！」

「そうですよ浪人さん！　それより理科の問題いきましょう！　地震におけるP波の到着からS波の到着までの時間を表す『初期微動継続時間』の別名は？」

「ぴ、ＰＭ時間……？」

「ＰＳ時間です。浪人さん、ＰＭ時間じゃ午後ですよ……」

ミラー越しに、絶句するまゆりの顔が見えた。

車内の空気がどんどん重くなっていく。

「そ、そうだ。何か音楽聴く？」

巫女子姉さんが場をとりなすように言い、カーステレオを操作した。

お経が、スピーカーから流れて来た……。

「み、巫女子姉さん……」

「アレ⁉　なんでだろうね⁉」

慌てた様子の巫女子姉さん。

次の瞬間大粒の雨が降ってきて、窓にぶつかり大きな音を立てた。

気が付けばさっきまであれほど晴れていた空が、今は分厚い雲で真っ暗になっていた。

…………。

誰も口を開こうとしないまま、僕らを乗せたジュリアちゃんだけが着実に模試会場へと進んでいった。

第三話「浪人生は毎日が日曜日なんですか？」

模試が終わった。

完全に終了した。

「…………」

今までみたいに、テスト時間中に何もできなかったわけじゃない。

多少は解ける問題もあった。

テストで問題が解けるって感覚は随分久しぶりだったから、それはそれで嬉《うれ》しくもあったのだけれど——しかし、そんなことで喜んでいられる立場でもない。

全能寺学園《ぜんのうじがくえん》A判定の道は——限りなく険しい。

それが、分かった。

分かってしまった。

周りの受験生たちはみんな中学生で、僕だけが一歳年上っていう状況でめちゃくちゃアウェイな雰囲気を感じたとか、初めて受ける模試でいまいち勝手が分からなかったとか、いくらでも言い訳はできそうなものだが——それを差し引いても、完全敗北であることには間違いない。

「海地《かいじ》くん、カレーこぼしてるよ」

霧島《きりしま》さんの声で我に返る。

気が付けば僕はカレーの注がれた皿を前に、スプーンを右手に持ったまま硬直していた。スプーンはいつの間にか傾いていて、カレーが滴り落ちていた。

「あ、ご、ごめん」

カレーは僕のズボンに黄色い染みを作った。

「待ってて、すぐ拭くもの持ってくるから」

そう言って霧島さんが席を立つ。

模試の終わった夜。

僕は霧島さんに呼ばれ、彼女の部屋で夕飯をご馳走《ちそう》になっているところだった。

霧島さんの部屋はザ・女の子って感じで（いや待てよ、女の子をローマ字に直すと母音の『O』から始まる――ということは、『ザ』ではなく『ジ』と言うのが正しいのではないだろうか、まあこの際どっちでもいいか）、部屋全体が白や桃色っぽい色で統一されていて、まゆりの殺風景な部屋や僕の部屋の薄汚い雰囲気とはまた違っていた。

テーブルもシンプルな割に高級感のある感じで、畳敷きの部屋にテーブルというのが和洋折衷のモダンな空気感を醸し出していた。

部屋の隅にはベッドがあって、霧島さんがいつもそこで寝ているんだと思うとなんだか妙な気持ちになった。きっといい匂いがするんだろうなあ。

そんな思春期全開なことを考えている脳みその裏側では、今日受けた模試のことを考えていた。

一体僕はこれから先どうなるのだろうか。

あと一年弱で、全能寺学園に合格できるレベルの学力が身に付くのだろうか。

なんだか無理な気がしてきた。

もう諦めようかな……。

「お待たせ、海地くん。これ使って」

明るい声に顔を上げると、僕の隣に立った霧島さんが、こちらにタオルを差し出していた。

「あ、ああ、ありがとう……いや、別に大丈夫だよ。どうせ大した服じゃないんだし」

そのままタオルを返そうとした僕だったが、霧島さんは首を振った。

「だめだよ。染みがずっと残っちゃうよ。ほら、貸して」

再び僕からタオルを取った霧島さんは、丁寧に僕のズボンを拭いてくれた。

すぐ見下ろせる位置に霧島さんの頭があって、僕はうっかり彼女に手が触れてしまわないように変な体勢のまま静止せざるを得なかった。

さらに、ズボンを拭く霧島さんの手が僕の多感な部分に触れてしまいそうで、それが余計に僕を緊張させた。

「あの、霧島さん。本当に大丈夫だから」

霧島さんが顔を上げる。

その上目遣いの表情に視線を奪われ、僕は思わず言葉を失った。

妙な沈黙が訪れ、そしてその重たい空気を勘違いしたのか、霧島さんは長い睫毛《まつげ》を悲しそうに伏せながら、

「ご、ごめん。もしかして、カレー、美味《おい》しくなかった……？」

「えっ⁉　そ、そんなわけないだろ！　めちゃくちゃウマいから！」

僕は全力で皿を持ち上げ、白米とその上のカレーを口中へ、そして胃へと収めた。

カレーは飲み物である。

「大丈夫？　無理してない？」

「まさか。いくらでも食べられるよ」

僕の言葉に霧島さんは首を振る。

「ううん、カレーじゃなくて模試の方」

「あー……」

思わず目を逸《そ》らした僕に、慌てた様子で霧島さんが言う。

「だ、大丈夫だよ！　まだ勉強始めたばかりだし、これからどんどん点数良くなるよ！」

え…

「果たして本当にそうだろうか……」

「絶対大丈夫だよ！　これからだから、諦めちゃダメだよ！」

「普通は三年間勉強した末に辿《たど》り着《つ》く高校入学という境地に、僕のように頭の悪い人間が一年弱で辿り着くことができるのだろうか……」

「海地くん――」

霧島さんが言葉を切って、室内が静かになった。

その静けさが怖くなって僕は顔を上げた。

すると、すぐ前に霧島さんの両目があって、じっとこちらを見つめていた。

霧島さんの茶色い瞳に、間抜けな表情をした僕が映っている。

「き、霧島さん」

「私の手、見てくれる？」

霧島さんが僕の前で右手を開く。

細くしなやかで綺麗《きれい》な指――その先には、何枚も絆創膏《ばんそうこう》が巻かれていた。

思わず僕はまばたきした。

「そ、その指、どうしたんだよ」

「切っちゃったの。カレー作る練習するときに」

「練習……」

思い出す。

霧島さんが以前、料理を練習すると言っていたことを。

ということは、まさかこのカレーは……。

「私、全然料理なんてしたことなくてさ。カレーくらい作れるようになりたいと思って、練習したの。包丁って案外使うの難しいんだね。あはは」

何かを誤魔化すように霧島さんは笑った。

その何かが照れなのか、このシリアスな空気なのかは分からない。

「もしかして、僕が女の子の手料理食べたいって言ったから……？」

僕が訊《き》くと、少し躊躇《ためら》ってから、霧島さんは頷《うなず》いた。

「うん。海地くんに喜んでほしくて」

な、なんて！

なんて良《い》い人なんだ――っ！

僕は感動で言葉に詰まった。

そんな僕を前に霧島さんは話を続ける。

「味はともかく、一応カレーはカレーだったでしょう？　全く料理したことなかった私でもカレー作れるようになったんだから、海地くんもこれから勉強ができるようになるはずだよ」

それは……。

その論法で言えば、カレーを作れるようになったのは霧島さんだったからこそで、同じようにやって僕がカレーを作れるようになるかは分からない——なんて言い訳ができる気がしたけれど、僕のために指をケガしてまで料理の練習をしてくれた女の子を前にそんな言葉を口にできるほど僕は人間やめていなかった。

でも——それでも。

「霧島さん、僕は本当に全能寺学園に合格できるんだろうか」

僕が言うと、霧島さんは聖母のような微笑《ほほえ》みを浮かべた。

「できるに決まってるよ。だって私、海地くんが合格するって信じてるから」

「霧島さん……」

それに、と霧島さんが付け加える。

少し挑発的な声音で、

「A判定取って、触りたいんでしょ——私の胸」

「霧島さんっ！」

僕は思わず立ち上がった。

霧島さんにここまで言ってもらって、いつまでも合格するか合格しないかで悩んでいるような奴《やつ》は男じゃない！

男なら——やってやれ、だ！

「元気出た？」

霧島さんが訊く。

僕は答える。

「ああ、もちろん」

「それじゃまずは模試の自己採点からだね」

「模試の——自己採点!?」

「そうそう。ほら、今日受けた模試の正式な点数とか判定とかが出るのってもう少し先の話でしょ？　それまでに自分で採点しておいて、解けなかった問題を解けるようにしておくんだよ」

なるほど。

言われてみれば帰り際、模試の答えが載った冊子を配られたような気がする。

問題用紙も持って帰ってきているし、つまりは自分で答え合わせができるってことだ。

「分かったよ霧島さん、僕、自己採点やってみる！」

「うん、頑張って。ほら、もしかしたら思ったより点数取れてるかもしれないし」

「そうだよな！　僕がネガティブになりすぎてるだけかもしれないしな！」

よーし、なんか希望が見えて来た。

ありがとう。霧島さん。

それしか言う言葉がみつからない……っ。

※

さて。

自己採点すれば案外いい点数が取れていて、なんだ僕って結構頭いいじゃんこれなら全能寺学園A判定も余裕だなめでたしめでたし——なんて都合のいい展開になるはずもなく。

「僕はなんて頭が悪いんだ……」

ちゃぶ台の上に広げた問題用紙と模試の答えを前に、僕は絶望に打ちひしがれていた。

なんだ、この点数は。

え、これもしかして10点満点？

いやそんなはずないよな。ちゃんと１００点満点だよな。

だとしたら、ますます何なんだこの点数は……。

今まで自己採点なんてしたことがなかったから分からなかったけれど、改めてこうして点数で見てみると、自分の愚かしさに涙を禁じ得ない。

霧島さんはこれから勉強できるようになるって言ってくれたけれど、早くもその言葉を信じられなくなってきた僕がいる。

と、そのとき、部屋のドアがノックされた。

僕がそちらへ向かうより早く、ドアは外側から開けられた。

顔を覗《のぞ》かせたのはまゆりだった。

「浪人さん、今日の模試どうでした？」

「お前、僕の顔を見てよくそんなことが聞けるよな」

「あ、やっぱりダメだったんですね。分かってましたけど」

「じゃあ聞くなよ……」

「念のため確認したんです。量子力学的に考えると、確認するまでは模試で良い点数を取った浪人さんと悪い点数だった浪人さん、ふたつの浪人さんが同時に存在してしまいますから。確認することで、悪い点数だった浪人さんという事象に収束するわけです」

「今の僕に難しいことを言わないでくれ。今日の試験結果にかなり打ちひしがれているんだから」

「そうですか。まあ、私はそうなるんじゃないかと思ってたんですけどね。私、先読みのできる人間なので」

確かにこいつ、張り切りすぎると後でショックを受けるとか言ってたよな。

悔しいが言う通りになってしまったわけだ。

「チッ……」

「なんで舌打ちしてるんですか。で、点数の方はどうだったんですか？」

まゆりは遠慮なく僕の部屋に上がり、ちゃぶ台を挟んで僕の向かい側にちょこんと腰を下ろした。

「……だからさっき言っただろ。ダメだったんだよ。全然ダメ」

「それは分かりました。具体的には何点だったんですか？」

「どうしてお前に教えなきゃいけないんだよ」

「浪人さんの学力を把握するためです。私は浪人さんに勉強を教えないといけませんから」

ふーん、そう言われれば確かにそうだよな。

バカにされるのは癪《しゃく》だが、ここは素直に点数を公表するとしよう。

「ええと、まずは国語……」

「ちょっと待ってください浪人さん。先にひとつお聞きしたいのですが」

「……なんだよ」

「今日の模試で、半分以上得点できた教科はありましたか？」

「半分以上？」

「ですから、今回の模試は一教科１００点満点でしょう？　50点以上取れている教科はあったんですか？」

「はあ？」

なんだこいつ。

どうしてこんなに半分以上にこだわるんだ？

「なかったんですか？」

「……いや、あったけど」

「あったんですか！」

まゆりが顔を輝かせる。

「まあ、あったよ。お前が教えてくれてた数学とか理科じゃないけどな」

「そーですかそーですか。ちなみに何の科目ですか？」

「社会だな。事前に覚えてたところがたまたま出た」

これに関しては巫女子《みこ》姉さんのお陰だな。

あのイラスト集には毎晩お世話になってるぜ。もちろん言葉通りの意味で。

「なるほどなるほど。よかったですねえ浪人さん。私が教えた科目でないところが少々残念ですが、それは結果オーライというものです。浪人さんにしては大健闘ですよ」

などと言いつつ、まゆりは何気ない様子でこちらへ近寄ってきて、俺の隣に座り直した。

「……どうしたまゆり。そんなに俺に近づいて」

「え？　いや、あまり離れていると撫《な》でにくいかなあと思いまして」

「撫でにくい？」

「そうですよ。ほら、せっかく私がここまでサービスしてあげているのですから、さっさと済ませてください」

済ませるって言ったって何を——あ。

思い出した。

そういえばこいつ、どれか一つでも半分以上点数が取れたら頭を撫でさせてやるとか言ってたよな……！

はあ、とため息をついて、僕は仕方なくまゆりの頭の上に手を置いた。

「……ほら、これで満足か？」

僕が言った瞬間、まゆりは唇を尖《とが》らせた。

「なんですかその言い方。せっかく私の頭を撫でさせてあげているんですよ。もっと喜んだらどうですか？」

「うわー、うれしいなあ（棒）」

「浪人さんっ！　以前私に感謝していると言ったのは嘘《うそ》だったんですか⁉」

眉間に皺《しわ》を寄せながら、まゆりが僕を見上げる。

まったく面倒な奴だ。

撫でて欲しいのなら素直にそう言えばいいのに。

ま、仕方ない。いくら粗茶《そちゃ》の水《みず》に通うエリートでも中身はまだ中二のガキ。

ここは年上の余裕を見せつけ、頭なでなで地獄を味わわせてやろう。

「よし分かった。気合を入れて撫でてやるから、覚悟するんだな」

「……頭を撫でるのに気合がいるんですか？」

「見てろよ。海地家に代々伝わる奥義——その真髄をお見せしよう」

僕は指先を立て、まゆりの頭頂部から後頭部をなぞるように這《は》わせた。

まゆりが驚いたように体を震わせる。

「ろ、浪人さん、何をする気ですか⁉」

「言っただろう。気合を入れて撫でてやると。今からお前を快楽の渦に叩《たた》きこんでやるからな」

「か、快楽の渦⁉　いや別に私はそこまで——」

「遠慮するなよ。ほら、力を抜け。よしよし、まゆり」

そう言って僕はまゆりの頭を出来得る限り丁寧に、優しく、官能的に、撫でた。

「あぅ……浪人さん、なんか手つきがいやらしいんですけど……？」

まゆりが潤んだ瞳を僕に向けた。

「気のせいだろ。それとも、もう止めて欲しいのか？」

「いっ、いえ、もうちょっと続けて――って、なんで私が望んで頭を撫でられてる前提なんですか！　これは浪人さんへのご褒美として……ひゃんっ⁉　どこ触ってるんですかっ！」

「どこって、肩だけど」

「平然と答えないでください！　それから、さも当たり前みたいに肩を触らないでくださ い！」

「いや、肩凝ってるなあと思って。せっかくだから揉《も》んでやるよ」

「よ、余計なことしないでいいですから！」

「だから遠慮するなって。うわ、お前肩凝りすぎだよ。こんなの中二の肩じゃねえよ。ほら、マッサージしてやるから横になれ」

「よ、横になれって、寝ろってことですか？」

「……そうだけど、他に何か意味があるのか？」

じろっ、とまゆりが僕を睨《にら》む。

「そんなこと言って私に卑猥《ひわい》な乱暴をするつもりでしょう！　エロ同人みたいに！　エロ同人みたいに！」

「なんで二回言ったんだよ……っていうか一体どこでそんな言葉知ったんだよ……」

「知ってて当然です。私、大人の女なので」

「馬鹿な事言うなよな。僕が好きなのは巨乳でグラマーな姉ちゃんで、まゆりみたいなここに見どころがあるのか分からないような子供の身体《からだ》には微塵《みじん》も興奮しな――って、脛《すね》を蹴るな脛を！　なんで怒ってんだ！」

「誰が見どころのない子供の身体ですか！　私は急速な成長を遂げている最中なんですっ！　もっと私に優しくしておけば良かったと後悔させてみせますからね！」

「あ、そう。それは楽しみだな」

「凄《すさ》まじい棒読み⁉　……本当、浪人さんは失礼な人ですね。仕方ないので私の身体をマッサージする権利をあげます。好きに触っていいですよ」

まゆりが僕の隣でごろんとうつ伏せになる。

……見れば見るほど貧相な身体つきだよな。ちゃんと飯食ってんのかな？

とにかく、この無警戒なサマは僕にマッサージをしろということなのだろうから、お望み通り全身を揉みほぐしてやろう。

小さいころから巫女子姉さんに頼まれ彼女の肩を揉んできた僕だから、腕には多少自信がある。

僕はまゆりの華奢《きゃしゃ》な腰の辺りに跨《また》がった。

まゆりの身体が小さく震える。

「あ、ごめん。重いか？」

「いっ、いいえ、浪人さんも小柄な人だから、全然そんなことないのですが――結構本格的にやるんですね」

「当たり前だろ。こうしないとうまく力が入らないからな」

「そ、そういうものなんですね」

妙に強張《こわば》った声でまゆりが言う。

僕はそんなまゆりの肩に手を乗せた。さっき触れたときより硬いような気がした。

「……どうした？　緊張してんのか？」

「緊張なんか、してません！」

と、思いっきり緊張感漂う声を上げるまゆり。

まったく、こいつは僕に何をして欲しいんだろう。

とりあえずはこの一ヵ月間、僕の勉強に付き合ってくれた労をねぎらってやるか。

僕はまゆりの肩に置いた手に軽く力を込めた。

※

「男の人に身体中を弄ばれてしまいました……」

まゆりは毛布を身体に巻き付けながら言った。

「誤解を招くような言い方をするなよ……」

「完全に事後です……」

「マッサージ後な？　誤解を招くこと言うなってば。ってお前なんで顔赤いんだよ」

「男の人に私のいたいけな身体を——」

「だ・か・ら、変な言い方するなっつってんだろ！」

「冗談の通じない人ですね。こうして異性に身体を触られることなんて初めてだったんですから、少しは私の気持ちを察してください」

「察するも何も、僕は親切心でやってあげたんだ。感謝以外は受け付けないぜ」

「でも、おかげでなんだか身体が軽くなった気がします。そこは素直に感謝です」

両肩をぐるぐる回しながらまゆりが言った。

「当たり前だろ。僕はマッサージに関しては自信あるんだ。で、話は変わるけどお前がさっきから包《くる》まっているその毛布は僕のなんだけど」

はっとしたようにまゆりが毛布を見る。

「……なるほど。道理で変な匂いがすると思いました」

「いやそもそも匂い嗅ぐなよ……」

「うっ……な、なんですかその目は。匂いくらい嗅いでもいいじゃないですか。この文明社会においても五感で異常を察知する力は失ってはいけませんよ」

完全に開き直ったな、こいつ。

「しかし、五教科を平均すると得点は４割未満か。何度見てもショックだな」

「へー、浪人さんも悪い点数取るとショック受けるんですね。そんな感情はとっくに失《な》くしちゃってるのかと思ってました」

言いながら、まゆりは毛布を丁寧に畳む。

「僕は感情を失ったサイボーグか何かかよ。いや、別に僕一人ならなんとも思わないんだけど、まゆりとか霧島さんとかに申し訳ねえなと思って」

「ほう、悪い点を取ったことに対する自責の念があるわけですね？」

「そういうことになるな」

「実を言うと私も浪人さんが悪い点数を取っちゃってショックなんです。私の教え方が悪いはずがないし、これはひとえに浪人さんの頭が悪いせいですね」

「マジでお前、さりげなく僕をバカにしてくるよな」

「そんな浪人さんに、私に対して申し訳ないという気持ちがあるのなら、私の申し出は断れないはずです」

まゆりはやたら角度のついた体勢で僕を見下ろしながら言った。

「お、おう。何が言いたいんだ」

「浪人さんは、もうすぐゴールデンウィークというものが始まるということを知っていますか？」

「ゴールデンウィーク？」

壁にかけたカレンダーを見ると、確かに祝日が続いていた。

「そう。すなわち連休です。私たち学生にとっては貴重なお休みなのです。まあ、学校にも行かず毎日が日曜日な浪人さんにとっては関係ないのかもしれませんが」

「うるせえよ。で、そのゴールデンウィークがどうしたんだ」

「浪人さんも模試を受けてショックを受けられたことでしょうから、息抜きが必要だと思うんです。ですから、せっかくの貴重な休みを利用して私が映画に連れて行ってあげます。私、気の遣える女なので」

「はあ？　映画？」

「そうですよ。映画は芸術です。たまには浪人さんも芸術に触れた方がいいと思いますよ。では、チケットここに置いていきますから」

まゆりはちゃぶ台の上に一枚の紙を置くと、軽い足取りで玄関へ歩いて行った。

「お、おい待てよ。僕はまだ行くとは――」

僕の声に、まゆりが振り返る。

「5月2日の10時からです。一時間前に迎えに来ますから、ちゃんと準備しておいてくださいね。明日までに模試のやり直しもやっておくんですよ、いいですね浪人さん」

そう言い残し、まゆりは部屋を出て行った。

僕はちゃぶ台の上のチケットを手に取ってみた。

よほど強く握っていたのか、チケットはすこし皺が入っていた。

「……『劇場版魔法少女めしあちゃん　乱逆の物語』？」

これって確かまゆりがコスプレしてたアニメの——劇場版ってことか。

まあ、あいつの言う通りここ二週間は勉強漬けだったわけだし、ちょっとくらい息抜きしたって良いだろう。

特に興味のないアニメ映画が息抜きになるかは分からないけど。

チケットをちゃぶ台の上に戻すと、またドアが開いた。

まゆりが忘れ物でもしたのだろうか。

僕は顔を玄関へ向けた。

「……あ、海地くん。ごめんねこんな夜に」

霧島さんだった。

「い、いや、大丈夫。霧島さんこそどうしたんだよ。もしかして僕、何か忘れてた？」

「ううん、そうじゃなくて……ええと、あのさ、来週ゴールデンウィークでしょ？」

たどたどしい口調の霧島さん。

「ああ、うん。そうらしいね」

「本当はさっき言えば良かったんだけど、タイミングがなくて……ねえ海地くん、ゴールデンウィーク、何か予定ある？」

「え？　特には……いや、あるにはある、か」

僕が言うと、霧島さんはあからさまにがっかりしたような顔をした。

「そ、そう。やっぱり忙しいよね。勉強もあるだろうし。ごめん、なんでもない。今言ったことは忘れて」

「いや、予定と言っても2日の午前中にちょっと行かなきゃならないところがあるだけで、それ以外は何もないから。どうしたの、霧島さん」

「あのね、私と行って欲しいところがあるの」

「行って欲しいところ？」

どこだろう。

まさかニッチなアニメ映画を一緒に見て欲しい、とか言うんじゃないだろうな。

「あるんだけど……今は秘密。だけど、5月5日の夕方からは予定を空けておいて欲しいの」

「ああ、まあ、いいけど」

「本当に！　良かった、嬉しい。ええと、用事はこれだけ。おやすみなさい！」

慌てた様子で霧島さんが出て行くのを、僕は茫然《ぼうぜん》と見送った。

それにしても夕方からか。

どこに行くつもりなんだろう。

…………。

あれ、待てよ？

ゴールデンウィーク＋女の子＋外出――これって霧島さんとデートってことでは？

うわ、どうしよう。僕、服とか全然持ってないんだけど。

財布の中身いくらくらい残ってたかな。まゆりを映画に連れて行かなきゃいけないから、その分も差し引いて考えなければ。

いや待て落ち着け僕。

何もデートと確定したわけではない。

僕が勝手にそう思い込んでいるだけで、相手はただ外出に付き合ってもらうだけという感覚なのかもしれないのだ。

過度に期待しすぎると後でショックが大きいと、今日の模試で学んだばかりではないか。

とりあえず今は模試の復習だ。

そして――そして、全能寺学園の合格を勝ち取って、霧島さんと二人で登下校する。

よーし、やってやるぞ。まずは数学からだ。

えーっと、『図のような二次関数のグラフがある』……。

やれやれ。

僕が知っているグラフといえば比例のグラフだけなんだが？

模試の時にも思ったけど、なんでこんな風にねじ曲がってるんだこのグラフ。よほど性格のねじ曲がった人が考え出したに違いない。

そんな奴が考えた問題を、純粋無垢《むく》で穢《けが》れを知らない僕が解けるわけがないじゃないか……。

時計を見ると22時を回っていた。

ちょっと早いような気がするが、もう寝よう。

今日は模試も受けたし、僕は十分頑張ったよ。

ドアのカギを閉め、布団を敷く。

そして横になった瞬間、僕は睡魔に襲われたのだった。

※

気が付けば朝になっていた。

もっと眠っていたい気もしたが、昨日の模試のやり直しをしなければならないような気もしている。

だけど、あんな複雑な問題が果たして解けるようになるのだろうか。

霧島さんは頑張ればできるようになると言ってくれたけど、考えれば考えるほど僕って勉強向いてないよな……と、寝返りを打ったとき、僕の顔は枕とは違う柔らかい何かに埋もれた。

思わぬ息苦しさに顔を上げると、

「……あれ？　おはよ、しげる君」

「うわあああ巫女子姉さんじゃねえかあああああああ‼」

布団の中に居たのは巫女子姉さんだった。

しかもブラとパンツを身に着けただけという状態で。

「どうしたのしげる君？　やっぱり一人暮らしだと誰かに甘えたくなっちゃうのかな？」

「な、何言ってんだよ……」

逃げようと思ったが、姉さんの膝や肘で的確に身体を押さえられ、もはや身動きすら取れなかった。

ほとんど裸の巫女子姉さんから伝わってくる体温――そして僕の眼前でぶるんぶるん揺れる姉さんの双丘っ！

ピンク色の下着越しでも分かるその破壊力っ！

って、何視線を奪われてるんだ僕！　相手は巫女子姉さん、血の繋《つな》がった親戚なんだぞ！

「いいよ。お姉さんにいっぱい甘えてね」

巫女子姉さんが吐息交じりの声で僕の耳元で囁《ささや》く。

快感に近い感覚が僕の脳を駆け巡った。

僕の中の悪魔が、このまま行けるところまで行っちゃえば、と言っている。

模試とか高校受験とか浪人とか、そういう面倒なことは全部忘れてしまいたい衝動にかられた。

「ね、姉さん」

「ほら、力抜いて……」

巫女子姉さんの右手が僕の頬から胸元、そして太腿《ふともも》を撫でていく。

体中に甘い痺《しび》れが走った。

――が。

その瞬間、僕の脳裏には霧島さんの顔が浮かんだ。

「ね、姉さん、からかうのはやめてよ」

「うん？　からかってるつもりはないんだけど……しげる君が嫌ならやめとくね」

姉さんは案外あっさりと引き下がってくれた。

身体を起こした姉さんはぼさぼさの髪を両手で撫でつけ、枕元にあった眼鏡をかけながら、意味ありげな視線で僕を見下ろした。

「……なんだよ、姉さん」

「なんかさ、しげる君も成長したなと思って」

「どういう意味だよ」

「ほら、骨格とかが大人の男の人に近づいたっていうか——私が知ってるのは、まだ一緒にお風呂に入ってた頃の君だからさ。ちょっとドキドキしちゃった」

巫女子姉さんの言葉に、訳もなく顔が熱くなった。

「ば、バカなこと言うなよ。大体、一緒に風呂入ってたなんて余計な記憶だろ！」

「余計な記憶？　君との出来事はどれも私にとっては大切な思い出だよん」

そう言って巫女子姉さんは立ち上がり、布団の横に無造作に置かれていたパーカーを羽織った。

……あれ、巫女子姉さんのパーカーだよな。ってことはこの人、わざわざ僕の部屋で下着姿になったってことか。まあ、半裸で外をうろつかれるよりはましか。

「いや、そもそもなんで僕の部屋に入ってきてんだよ。鍵は閉めてたはずだけど」

「私は大家さんだよ？　合い鍵くらい持ってるに決まってるじゃん」

巫女子姉さんが、いつの間にか右手に持っていた鍵の束をじゃらじゃらと揺らす。

「……霧島さんとかまゆりの部屋にも勝手に入ってんじゃないだろうな」

「まさか。しげる君だけ特別だよ」

嫌な特別扱いだ……。

「で、僕の部屋に何の用？　僕は今日、模試の復習で忙しいんだけど」

「本当に？　しげる君のことだから、そろそろ勉強が嫌になってる頃だと思ったんだけど」

「うっ」

図星だった。

まさか僕の部屋、姉さんに監視されてるんじゃないか？

あり得ない話じゃないのが怖い。

「あら。冗談で言ったつもりだったけど、もしかして当たっちゃった？　やっぱ通じ合っちゃってるのかな、しげる君と私」

台所に立った巫女子姉さんが、こちらを振り向きながら言った。

くそ、カマを掛けられた。悔しい。

「余計なお世話だよ」

「あははー、私のイラスト集は役に立たなかった？」

「……社会だけは唯一5割取れてたんだ、点数」

「ほらね、やっぱり通じ合ってるじゃん。私、しげる君のことばっちり分かってるでしょ？　ああいう風にすればきっとしげる君も暗記が得意になるって思ったんだ」

屈託ない笑みを浮かべながら、両手にカップを持った巫女子姉さんが戻ってくる。

姉さんはカップをちゃぶ台に置くと、飲みなよ、と僕に言った。

這うようにしてちゃぶ台の方へ行ってカップを覗き込むと、中身はこげ茶の液体——コーヒーだった。

両手でカップを抱えて中身を啜《すす》る。

苦い。でも少しだけ甘かった。

「で、朝から何の用？」

「用がなきゃ可愛《かわい》いしげる君に会いに来ちゃダメなの？」

カップに口を当てながら巫女子姉さんが言った。

「あのね、僕は受験生で一秒も無駄にできないの。姉さんに構ってる暇なんてないんだよ」

「本当？　そんなこと言って、ゴールデンウイークは誰かさんとデートする約束でもしてるんじゃないの？」

「ぶふっ⁉」

思わずコーヒーを噴き出した。

な、なんでこの人、僕が霧島さんに誘われたこと知ってるんだ⁉

「……その反応、まさかこれも当たっちゃったの？　冗談のつもりだったのに」

驚いたような顔をする巫女子姉さん。

それが演技なのかそれとも本心なのかは——多分心理学者でも見抜けないだろう。

「だったらどうなんだよ。四六時中勉強してたら頭おかしくなっちゃうぜ、僕」

「そう。まさしくそれなのよ」

「……それって？」

「このまましゃしげる君、勉強しすぎておかしくなっちゃうんじゃないかと思って。今日は休憩の日ってことにして、私の部屋に来ない？」

「え？」

「色々手伝って欲しいことがあるの。ね、良いでしょ？」

巫女子姉さんは猫撫で声で言った。

ちょうど姉さんが座っている辺りに朝日が差し込んで、彼女の顔を後ろから照らした。

「……分かった、手伝うよ」

どうせ勉強する気も失くしてたところだし、良い気分転換になるかもな——僕はそんな風に考えて、姉さんの提案を承諾したのだった。

決して、下着姿の美人にお願い事をされて断れなかったわけではなく。

※

「いい、しげる君。ここの数字がプラスになったら決済を押してね」

「あ、ああ、うん」

昼前のまだ涼しい時間帯。

ぱんぱんに詰まったゴミ袋が無数に積みあがった巫女子姉さんの部屋。

カーテンも閉め切られた薄暗い部屋の片隅で、僕は大画面のPCモニターを前に、マウスを操作していた。

巫女子姉さんは背後から、胸を僕の背中に押し付けるようにしてモニターを覗き込んでいる。

「あ、ほら今今今、売買確定させて！」

「え⁉ ああ、うん⁉」

言われた通りに操作すると、「＋１２０」という数字が画面に表示された。

「はい、これで１２０円の儲《もう》け」

「１２０円……」

「ＦＸって知ってる？ ほら、円高ドル安とか言うじゃない？ あれって円の価値がドルに比べて高いってことなのよ。だから、安いうちにドルを買っておいて、次に円安ドル高になったときにドルを売れば、その差額で儲けが出る——みたいなことなんだけどね」

「えー。何それ。今の日本語？ えんだかどるやすって誰？」

「えーと、つまりワンクリックでお金が儲かるってこと？」

「そう捉えてくれても構わないわ。コツさえちゃんと押さえておけばそういうことだからね。で、諸国の経済政策とか投資家の動向とかを踏まえたうえで正確な売買をやっていけば、確実に利益が出るわけよ」

「へ、へえ……」

「じゃあ次ね。ブラウザのタブに切り替えてくれる？」

「は、はい」

僕は姉さんに言われるまま、為替取引の画面を最小化してブラウザを開いた。

「ええと、ちょっと貸してね。エディターがこれだから……」

巫女子姉さんは僕とモニターの間に割り込むと、キーボードを操作し始めた。

「何やってるの？」

「私が運営してるサイトの記事作ってもらおうと思って」

「え。僕にそんなことできないよ」

「簡単簡単。適当に文章をコピーしてきて貼り付ければいいだけだから。あとはデザインとかをちょっと直せば完成よ」

「……ちなみにそれっていくら稼げるの？」

「ええとね、大体月に8万前後」

「8万……」

「これにさっきのFXの利益とかアパートの収入が入ってくるわけだから、まあ、生活する分には困らないわね。気楽なものよ。……ほら、できた」

モニター上には完成したブログの記事が表示されていた。

ときどきウェブ上で見かけるものと比べても遜色ない記事だ。

「で、これを投稿すれば完成ってこと？」

「その通り。ね、簡単そうでしょ？」

「まあ、姉さんがやってるのを見る限りではそうだけど……そもそもなんでこんな話するわけ？」

「それも簡単。しげる君、勉強が嫌になっちゃったんじゃないかって思って」

「……そりゃあもちろん勉強なんて好きじゃないけど」

僕は座っていた回転椅子を半分回し、巫女子姉さんの方に身体を向けた。

姉さんは屈《かが》んで、僕と視線を合わせた。

「好きじゃないことをわざわざ無理してやる必要ないじゃない。勉強が出来なくても生きていく方法はいくらでもあるのよ。出来ないことにこだわるより、自分のできることを探すほうが良いんじゃない？」

「そ、それは」

確かにそうかもしれない。

いくら数学や国語が出来たからって、それが将来何の役に立つのだろう。

「たとえば高校に合格したとするじゃない？　君が受けようとしている全能寺学園は普通高校だから、最終的には大学受験もしなきゃいけないのよ。そのためにはまた勉強しなきゃいけないし、大学を卒業するころには就職のための勉強もしなきゃいけない。君が進もうとしているのは君の嫌いな勉強をし続けなくちゃいけない道なんだよ。それで良いの？」

「いや、だってそれは、良いも悪いもないだろ。中学校を卒業したら次は高校、高校を卒業したら次は大学か就職って決まってるんだから」

「忘れちゃいなよ、そんな決まり事なんか」

「え？」

「しげる君一人くらい、私が養ってあげる。さっき説明したみたいに生活するのに困らないくらいのお金はあるんだし。だからさ、しげる君はもう勉強なんかやめて、受験のことなんて忘れて、私と暮らそうよ。絶対そっちの方がいいよ」

巫女子姉さんの表情はいつになく真剣で、冗談を言っているようには見えなかった。

僕は、自分の心が揺らいでいるのが分かった。

今ここで僕が頷けば、巫女子姉さんは本当に僕を養ってくれるだろう。

僕は巫女子姉さんの言う通り、勉強や受験とは無縁の生活を送ることになるだろう。

正直なところ、昨日の模試の点数を見る限り僕が全能寺学園に合格する可能性は限りなく低いような気がした。

もう全部投げ出してしまいたい気持ちもあった。両親に頼んで、また名前を書けば受かるような高校を受験させてもらえばいいや、とも思った。

いつもの僕なら――今までの僕なら、この時点で何もかも諦めていただろう。

だけど、今この瞬間の僕は、受験を諦めてしまうのがなぜか嫌だった。そんなことをしてはいけないような気がした。

だから。

「……姉さん、僕は受験を諦めないよ。ここでやめちゃいけないと思うんだ」

「本当に？　だとしたら、何のために勉強するの？」

「何のためって……そんなの分からないけど、今の僕にはそうすることが必要な気がするんだよ」

そう答えた瞬間、僕は巫女子姉さんの柔らかい両腕に包まれていた。

要は、抱きしめられていた。

ぼさぼさの髪によれよれのパーカーを着た姉さんは、とてもじゃないが清潔な身なりをしているとは言えなかった。

それなのに、姉さんからは落ち着くような良い匂いがした。

昔からずっと近くにあった匂いだった。

「しげる君がそう言うのなら、私は精いっぱい応援する。だけど忘れないで。いつでも私に甘えていいってこと」

「……うん」

姉さんの腕の中で、心地よさとほんの少しの息苦しさを感じながら、僕はそう返事をした。

※

何のために勉強するの、か……。

巫女子姉さんの問いかけが頭の中でリピートされる。

別に僕は学者になりたいとか勉強で一生暮らしていきたいってわけでもないし。

だとしたら、どうして僕は受験を諦めていないんだろう。

冷静に考えれば三年分の勉強を一年弱で終わらせるなんて無理な話だ。

それなのに……。

「浪人さん、聞いてます？」

まゆりの声で僕は我に返った。

「あ、ごめん。ちょっと考え事してた」

大型ショッピングモールのファストフード店。

映画を観終わった僕らは、パンフレット片手に遅めの昼食をとっていた。

目の前でまゆりが頰《みお》を膨らませる。

「私とのお出かけより大事な考え事なんですか？　そもそも浪人さんに考え事をするような脳みそがあったことに驚きです」

「馬鹿にするなよ。僕だって日々森羅万象とこの世の平和について熟考に熟考を重ねているんだ。いやー、どうして人は傷つけあうのだろうね」

「そんなの知りませんよ」

ずずず、とまゆりはストローでドリンクを啜った。

僕はそんな彼女の前におかれたポテトを一つ摘まみながら、

「で、何の話だったの？」

「映画の感想ですよ。素晴らしかったですよね、『魔法少女めしあちゃん』は。まさか世界全体がループしてたなんて思いもしませんでしたよ」

「あ、そう……」

「それから戦闘シーンも素晴らしかったですね。あの構図であの激しい戦闘描写をやってのけるなんて、お金かかってますよね」

「ああ、うん。僕もそう思う」

「……浪人さん、真面目に映画観てました？　途中で寝てませんでした？」

「いやいやいや、ちゃんと起きてたって！」

起きてはいた。

ただ、テレビシリーズを見ているのが前提で始まるストーリーだったから中身がよく分からなかっただけで。

「テレビシリーズ以上のエログロで、私興奮しちゃいました」

「ああ、そりゃよかったよ」

「しかし最後のめしあちゃんの最終形態、あの衣装をどうやって作ればいいのか……。帰って研究しなければなりません」

「ああ、そういえばまゆりってそんな趣味あったよな」

「そういえばとはどういう意味ですか。もっと私に興味持ってください、浪人さん」

「……え？　興味持ってくださいってどういう意味？」

僕の言葉に、まゆりは慌てたように口を押さえる。

そして上下左右に目を泳がせながら、

「――へ、変な勘違いしないでください。浪人さんは私に勉強を教えてもらう立場なのですから、私のことをきちんと理解することが勉強の理解につながるというか、ええと、つまりですね、浪人さんが私に興味なさそうにしているのが寂しいとか、そういうことじゃないんですからねっ！」

つまり、僕がまゆりに興味なさそうなのが寂しいのか……。

巫女子姉さんの台詞《せりふ》じゃないけれど、一人暮らししてると他人が恋しくなっちゃうものなんだろうな、多分。

まゆりがやたら僕に突っかかってくるのもそういう寂しさの裏返しなのかもしれない。

それも仕方ないか。こいつまだ中二だし。

ガキだし。

ここは僕が中卒——もとい年上の余裕というやつを見せつけてやるか。

「よし、分かった」

「な、何が分かったんですか」

「映画のチケット買ってもらっちゃったし、その分の埋め合わせをしてやろう」

「と言いますと？」

「……フッ、僕に任せておけ」

※

というわけで、僕らは二階のゲームコーナーへやってきた。

このショッピングモールのゲームコーナーはなかなか馬鹿にできないクオリティで、メジャーな筐体《きょうたい》からマイナーなものまでが幅広く揃《そろ》っていて、平日でも多くの人が訪れるほどだ。

「……ゲームセンターですか。私、あんまり来ないんですよね」

「そうか。僕は中学時代よく来てたけど」

「そんなことしてるから浪人しちゃうんですよ」

「巷《ちまた》を騒がせたゲーマー、『ゲーセンの賭博黙示録』とは僕のことだぜ」

「そんなことしてるから浪人しちゃうんですよ……」

「フッ、いつまでそんな口が叩けるかな？　手始めに好きなクレーンゲームを選ぶが良い。どんな景品でも僕が取ってやるぞ」

「はあ……？　それじゃあ、えーと、あれで」

まゆりが指さしたのは、徳用の巨大なお菓子が並べられたクレーンゲームだった。

恐らくは適当に選んだものだろう。

こいつ、僕の実力を信用してないな？

「いいだろう。任せろ」

このタイプは確か、初心者でも楽しめるようにアームもそこそこ強めに設定してあったはず。あとはテクニックでゴリ押しすれば簡単に景品が取れる。

僕は100円玉を投入口に突っ込み、ボタンを操作した。

ちょうどいい位置に景品が置かれている。

これは持ち上げるのでなく――押し込むッ！

――ビンゴ。

「おおっ！」

僕の横でまゆりが声を上げる。

アームで上から押し込まれた徳用お菓子詰め合わせは、僕の狙い通りそのまま景品取り出し口に落下した。

「ま、僕の手にかかりゃこんなもんよ」

「意外な特技です……。正直疑ってました」

「だと思ったよ。でも、これで僕の実力を分かってくれたかな？」

僕は取り出し口から引っ張り出した景品をそのまま、まゆりに手渡した。

「いただいて良いんですか？」

「当たり前だろ。今日のお礼だよ」

一瞬遅れて、嬉しそうに、でも少し恥ずかしそうにまゆりは景品を受け取った。

小柄なまゆりだから、お菓子の詰め合わせを抱えるので精一杯という感じだった。

「あの、浪人さん、でしたら他にも取っていただきたいものがあるのですが！」

「フッ、良いぜ。軽く捻《ひね》ってやろう」

「ええと、あれなのですが……」

次にまゆりが指さしたのは、少し奥に置かれた筐体だった。

そしてその中に並べられていたのは、さっき僕らが観たばかりの映画に出て来たヒロインたちのフィギュアだった。

「なるほどな。しかしまゆりよ、あの機種は設定が厳しめになっている」

「……やっぱり無理ですか？」

がっかりしたような涙目で僕を見上げるまゆり。

「いや、無理じゃない。ただ少し準備が要る」

「準備？」

「まあ待て。ああいうタイプは何度かに一度だけアームの強さが変動するんだ。その瞬間を見極めて、確実に景品をゲットする」

「つまりどういうことですか？」

「誰かが先にあれをプレイするのを待つんだ。で、景品が良い位置に来るか設定が変動するタイミングを見計らう」

「……え。それってすごぉく汚いやり方なのでは？」

「俗に言うハイエナだな。だが、僕はこのハイエナ行為にかけてはプロだ。『ゲーセンの賭博黙示録』の異名はこうして手にした」

「それ、異名というよりは蔑称な気がしますが」

「とりあえずは店員に怪しまれないよう、別のゲームで遊んでいるふりをするんだ。まゆり、付いてこい――まゆり？」

歩き出した僕だったが、まゆりが付いてこないのに気づき足を止め振り返った。

「ちょっと待ってください浪人さん、そんな卑怯《ひきょう》な手を使っていいんですか？」

「じゃあ逆に訊くけど、ゲーセンってどうやって儲けてると思うんだ？」

「……え？」

「高価な商品を景品にして、一回100円っていう値段でクレーンゲームをプレイさせる……しかし、狙った景品を100円で取れる可能性は限りなく低いんだ。もっと言えば、景品そのものの価格以上のお金を払ったからと言って確実に取れるわけじゃない。つまりは、100円であの景品が取れるならお得じゃんっていう人間の心理を逆手に取り、必要以上のお金を使わせる商売なんだ」

「は、はあ？」

「だからクレーンゲームっていうのは単なる景品を取るだけのゲームじゃないんだよ。僕らプレイヤー側が、いかに店側の設定した価格を下回る課金で景品を手に入れるかどうか、いうなれば僕らとゲーセンとの戦いの場なんだよ……っ！」

「ゲームセンターで話すようなことじゃないと思いますが、それ……」

「そもそもだ、まゆり。お前の『魔法少女めしあちゃん』に懸ける思いはその程度のものなのか？」

「どういう意味です？」

まゆりが眉間に皺《しわ》を寄せた。

僕は言葉を続ける。

「卑怯な手を使うのが嫌だというだけであのフィギュアを諦められる程度なのか、お前の思いはっ……！」

「――ッ！」

「何かを得たいという欲求……っ！　そしてそのための犠牲……っ！　最後に欲求が勝ったのなら、勝負するしかねえだろうが……っ！」

「ろ、浪人さん……！」

「もう一度だけ聞く。あのフィギュアが欲しいのか、まゆり」

長い沈黙。

そして、何かと決別するような、覚悟を決めた表情とともに、まゆりは首を縦に振った。

その瞬間僕は自分の口角が上がるのを感じた。

さぞや悪魔的な笑みを浮かべていたに違いない。

「それでこそだ、まゆり……っ！」

※

帰り道、僕らは電車に揺られていた。

なんだかんだ言って、楽しい一日だった。

自分でもいい息抜きになったと思う。

誘ってくれたまゆりには感謝だな。

ふと隣を見ると、まゆりは僕に寄り掛かるようにして静かな寝息を立てていた。

その両腕には、『魔法少女めしあちゃん』のフィギュアがしっかりと抱きかかえられている。可愛いやつめ。

……うん？

今、僕、まゆりのことを可愛いって思ったのか？

この、僕を罵倒するためだけに生きているような毒舌少女を？

自意識の塊みたいなナルシスト少女を？

……いや、まあ、可愛いよ、そりゃあ。顔立ちだって整ってるし。

ただ、その可愛いっていうのは何ていうか……僕に妹がいたらこんな感じなんだろうなあ、っていう可愛さだ。

巫女子姉さんの僕に対する気持ちが少しだけ分かったような気がする。

と、電車のアナウンスがなった。

次は僕らが降りる駅だ。

肘で肩をつついてまゆりを揺する。

「起きろよ、まゆり。もう着くぞ」

「……ううん、もうちょっとだけ寝たい……」

「バカお前、寝過ごすぞ。ほら、切符ちゃんと持ったか？」

――切符か。

前に電車に乗ったときは、霧島さんに拾ってもらったんだよな。

今回はちゃんと持っている。

というか、切符なんてそうそう失くすもんじゃない。

肩に重みを感じて、僕はもう一度隣を見た。

僕の方に頭をもたれさせたまゆりはしっかりと目を瞑《つぶ》って、先ほどより安らかな寝息を立てていた。

こいつ……！

もう一度肩を揺すると、まゆりは寝ぼけたような声で、

「浪人さん、おんぶ……」

※

まゆりをおんぶして、駅を出てからしばらく歩いていると、まゆりが目を覚ました。

「ひぃッ⁉　浪人さん何してるんですか⁉」

僕の背中でまゆりが身体を揺らす。

「あ、暴れるな！　お前がやれって言ったんだろうが！」

「私はそんなこと言いません！」

「言ったのっ！　絶対言った！　じゃなきゃわざわざこんなことしねえだろうが！」

「本当ですかぁ？」

「本当だよ！」

「……まあ、良いでしょう。めしあちゃんのフィギュアに免じて許してあげます」

大人しくなったまゆりは、そのまま僕の肩の辺りに顔をうずめた。

「……おい、まゆり」

「なんですか」

「起きたなら自分で歩けよ。重いんだけど」

「おっ……私に向かって重いとはなんですかっ！　ほんっっとにデリカシーのない人ですねっ！　罰としてこのまま田折荘までおんぶしてもらいます！」

マジか……。

まあ、どうせもうすぐ着くころだから別にいいけど。

ちょうど夕日が町の向こう側へ沈もうとしていた。結局一日中遊んでしまったな。

「……あ、そうだ。せっかくだから訊いとくけど」

「なんですか？」

「お前って、なんで勉強するんだ？」

「……どうしてそんなことが気になるんですか？」

「いや、ちょっと僕も色々考えることがあってさ。ほら、粗茶の水中学って受験しなきゃ入れないだろ？　なんでそんなことしたのかなと思って」

ううん、と僕の頭の上で唸《うな》りながら、まゆりは答える。

「強いて言えば自分のため……でしょうか」

「自分のため？」

「そうです。試験で良い点数を取れる人が優れている——世間ではそう評価されます。受験なんてその最たるもので、点数が取れない人は高校にさえ行かせてもらえません。浪人さんのようにね」

「一言余計だよ」

「たとえば、人格が非常に優れた人がいたとしても、それを赤の他人が評価することは難しいですよね？　勉強であれば、その成果が点数という形で現れますから、評価しやすいわけです。逆に言えば、勉強さえできれば他の部分が多少劣っていたとしても一定の評価は受けられるわけですよ。だったら、評価が難しい部分を頑張って伸ばそうとするよりも、勉強して評価される方が簡単じゃないですか？」

「ええと、つまり、分《わ》かり易《やす》く高い評価を得たいから勉強するってことか？」

「そういうことですね。今日の浪人さんがまさしくそれです」

「どういう意味だよ」

「浪人さん、クレーンゲームがとてもお上手ですよね。私、少し浪人さんのこと見直したんです。でも、その特技は他の人から評価されづらいですよね。高校入試にクレーンゲームの科目があれば話は別でしょうけど」

「……なるほど」

「とにかく、私が勉強をするのは周りから一定の評価を得るためです。勉強さえできれば、アニメのコスプレが好きだろうが性格が悪かろうが文句は言われませんから」

「性格が悪い自覚があったんだな――って痛ぇ！　太腿《ふともも》を蹴るな！」

「余計なことを言うからです。……とまあ、私が勉強する理由はこんなところですが、浪人さんの望む答えは得られましたか？」

「ああ、まあ、参考にはなったよ」

勉強をするのは、勉強して試験の点数が取れれば、簡単に評価してもらえるから。

確かに一理あるな。

「で、浪人さんはどうして勉強するんですか？」

「それを悩んでるからこうして訊いたんだよ。この間の模試で自信なくしちゃってさ」

「だから言ったじゃないですか。自信過剰になると反動が大きいですよって」

「うるせえなあ、分かってるよ」

「大体、そんなことで悩むのが間違ってるんです。勉強なんて、ある程度やっておけばいいんですよ。高校合格が目標なら、試験に通る程度の勉強をすればいいんです。勉強そのものに意味なんてないんですよ。正直に言えば、私はそう思います」

僕は思わず足を止めた。

まゆりが僕の背中でつんのめり、僕に怒鳴る。

「急に止まらないでください！　どうしたんですか！」

「いや、意外だなと思って」

「何がです」

「まゆりってもっと真面目だと思ってたっていうか、なんか、勉強こそが第一優先です、みたいな感じだと思ってたんだけど」

「……心外ですね。私の第一優先は『魔法少女めしあちゃん』であり、コスチューム作成であり、コスプレです。勉強なんて二の次です」

「そ、そうなのか。じゃあ僕も勉強は二の次でいいかな」

「それは違います。浪人さんは今まで勉強しなさすぎたんです。だから、その分を今勉強しなきゃいけないんです」

軽く僕の腰の辺りを蹴りながら、まゆりは言った。

そうか、そうだよな。

三年間遊び呆《ほう》けてたもんな。

その分を今、取り返してるようなものか。

「でも、浪人さん」

「どうした？」

「私がこういう風に、他人に向かってコスプレが好きだって言えるようになったのは、浪人さんのお陰なんですよ。浪人さんが私の作ったコスチュームを褒めてくれたから、私、自分のコスプレに自信が持てるようになったんです。そこだけは、浪人さんに感謝です」

まゆりは、いつも以上に真面目なトーンでそう言った。

僕はなんだか恥ずかしくなって、思わず立ち止まった。

「……お前にそんなこと言われると、調子狂うな」

「バカ言わないでください。私はちゃんと謝意を伝えられる女です」

「ふーん。あっそ」

「あれ、もしかして浪人さん照れてるんですか？　年下の女の子に手玉に取られて恥ずかしくないんですか？」

「……うるせーぞ、まゆりっ」

「わわっ、振り回さないでください、目が回りますっ！」

そんな風にまゆりとじゃれあいながら歩いていると、田折荘に到着した。

まゆりがするすると僕の背中から降りる。

「運賃払い忘れてるぜ、お嬢ちゃん」

「タダで家庭教師代わりをやってあげてるんですから、そんなものを払う道理はありません」

うっ、ど正論。

「……まあ、その、なんだ。今日は楽しかったよ。映画、誘ってくれてありがとな」

「いえ、こちらこそ。めしあちゃんのフィギュアも取ってもらいましたし、大満足です。何より浪人さんの息抜きになったのなら、目標達成です」

「ああ、そりゃよかった」

僕が答えると、まゆりは満足げに笑って、両手に今日僕が取ってやったお菓子の詰め合わせやアニメキャラのフィギュアを抱え、アパートの階段の方へ駆けて行った。

僕は今日の出来事を思い出しながら階段を上る。

ちょうど二階の手すりのところで、まゆりが僕を待っていた。

「浪人さん」

「ん、何だよ？」

「言い忘れていたことがありました」

「え？　もしかして映画館に忘れ物した？」

まゆりが首を振る。

「そうじゃありません。あのですね、粗茶の水附属中の生徒は、粗茶の水以外の高校を受験することが可能なんです」

「へえ。それが？」

僕の言葉に、まゆりは少しだけ間を置いてから答えた。

「3年生になったら、私も全能寺学園を受験します。だから、浪人さんも今年のうちに絶対合格してください。さもなければ私と同級生、下手すると私の後輩ってことになっちゃいますよ」

「……それは嫌だな」

さいね」
「でしょう？　だから浪人さん、私に後輩扱いされたくなければ、一生懸命勉強してくだ

「いや、でも、そんなことよりお前、なんで全能寺学園受けるんだよ。そのまま粗茶の水に行けばいいじゃないか」

そう言った瞬間、まゆりは一気に僕との距離を詰め、その勢いのまま僕の脛を蹴った。

僕に激痛走る――っ！

「浪人さんは本当にバカですね。数学や英語より、もっと学ぶべきことがあるんじゃないですか？」

「ど、どういう意味だよ……！」

脛の痛みに耐えながら僕は言った。

まゆりは、ふん、と鼻を鳴らした。

「私が浪人さんと同じ学校に通うまでの宿題にしておいてあげます。ちゃんと考えておいてくださいね！」

そう言い残して、まゆりは自分の部屋に帰って行ってしまった。

本当に情緒不安定だよな、あいつ……。

とはいえ、だ。

まゆりが全能寺学園を受けるのなら、なんとしても今年中に高校に合格しなければ。あ

いつの同級生とか後輩なんて、絶対嫌だ。

勉強する理由がまた一つ増えたような気がするな。

※

さて、時は過ぎ去りゴールデンウィーク最終日。

模試の復習を終えた僕はただぼんやりと畳の中央に寝転がっていた。

こうやっている間も、本当ならば受験対策をしなければならないのだろう。

しかし。

壁のカレンダーへ視線を移す。

今日は5月5日。

霧島さんとの約束の日だ。

それを思い出すたび無意味に緊張してしまい、勉強が手につかなかった。いや、普段から大して手についているわけではないのだが、とにかくまあそういうことなのだ。

時計の針は刻一刻と進んでいる。

もうすぐ四時半。

そろそろ夕方と呼べる時間帯だ。

しかし、考えて見れば夕方から二人で出かけるというのも妙な話だよな。

たとえば二人でどこかに外食しにいくとする。で、それが終わるころにはもう夜になっているわけだ。

夜……二人で……外出――⁉

それってつまりそういうことなのか⁉

もしかして僕、誘われてる⁉

一人暮らしなんだからどちらかの部屋で――なんてことは出来ない。なぜならまゆりや巫女子姉さんに感づかれるわけにはいかないからだ。

だから霧島さんはわざわざ僕を夕方から外へ連れ出して、どこか二人きりになれる場所へ行こうとしているってことか。

二人きりになれる場所。

つまりは、回転するベッドや鏡張りの部屋で愛を育む宿泊施設に――⁉

いやいやいや、それはダメだろう。何しろ僕らは18歳未満。二人でそんなアダルトな場所に行けるはずがない。

ない――が、うっかり行けちゃったりしたらどうするんだ？　そのまま忘れられない夜に突入か？

ホテル代は僕が出した方が良いんだろうか。いや、もちろん出すべきだ。割り勘というのはあまりよくない気がする。詳しくは知らないけど。経験ないから。

し、しかしだな、もし霧島さんとそういう場所へ行くのならシャワーくらい浴びておいた方がいいかもしれないな。それから爪も切って……。

僕はとりあえず台所へ向かい、歯を磨いた。

鼻毛出てねえよな。髪型とかもちょっと整えておくか。

やべえ、緊張してきた。こんなテンションで大丈夫か、僕。

歯ブラシに歯磨き粉をなすりつけ口にくわえた瞬間、玄関のドアが開いた。

「あのー、海地くん、迎えに来たんだけど……」

噂《うわさ》をすれば霧島さんだった。

なぜか全能寺学園の制服姿だ。

霧島さんは玄関から半身を覗かせ、不安そうに辺りを見回した。

そして僕と目が合うと、安心したように微笑んだ。

その表情に僕は思わず見惚《みと》れてしまった。

口から歯ブラシが落ちて我に返る。

「お、ちょ、ちょっと待って、すぐ行くから」

僕は歯ブラシを拾い手早くうがいを済ませ、手元においていたタオルで口元を拭い、ちゃぶ台の上に放り投げていたバッグを片手に玄関へ出た。

と、僕は霧島さんが背後で隠すように紙袋を持っているのに気が付いた。

「あ、そうだった。まずこれに着替えて欲しいんだけど……」

「え？」

霧島さんが僕に紙袋を手渡す。

中身を見ると、学生服が一式入っていた。

「何も聞かず、着替えて欲しいの」

「わ、分かった」

霧島さんの言葉から有無を言わせぬ気配を感じたので、僕は素直にそう答えた。

※

で。

学ランに着替えた僕が、ブレザー姿の霧島さんと並んで歩くこと十数分。

「さ、ここから電車に乗ります」

「電車に？」

遠出するつもりだろうか。

何にせよ行き先がラブなホテルじゃないってことは確かだろう。だって二人とも学生服だし、これで18歳以上ですって言い張るのは厳しすぎる。

「切符はもう買ってあるから」

「ああ、ありがと……？」

霧島さんから貰《もら》ったのは、隣の駅までの切符だった。

僕はその切符を改札機に通した。

「ええとね、一番乗り場だよ」

霧島さんが慣れた様子で駅の通路を歩いていく。

高架式の駅の階段を上り一番乗り場へ到着すると、ちょうどホームに電車が滑り込んでくるところだった。

「この電車？」

「そうそう。ほら、乗って」

霧島さんに促されるまま僕は電車に乗る。

連休最終日ということもあって、車内はそれなりに混雑していた。

出入り口のドアが閉まり、電車が動き出した。

「でも、次の駅で降りるんだろ？」

「うん。そうだよ」

霧島さん、一体僕をどこへ連れて行こうとしているんだろう。

そのとき不意に電車が揺れた。

隣に立っていた霧島さんが倒れそうになるのが見え、僕は咄嗟《とっさ》に霧島さんの袖を摑《つか》んでいた。

僕に支えられ踏みとどまった霧島さんが、こちらを見る。

目が合った。

心臓の奥が跳ねたような気がした。

「あ……、だ、大丈夫。大丈夫？」

「う、うん、大丈夫。ありがとう」

僕はそっと霧島さんの細い腕から手を離した。

刹那、何か温かいものが僕の腕に触れた。

霧島さんの指だった。

彼女は心底申し訳なさそうに、指先だけで僕の制服の袖をつまんでいた。

ええっと……。

僕は何と声を掛けていいか分からず、そのまま霧島さんの横顔を見つめていた。

長い睫毛を恥ずかしそうに伏せながら、霧島さんは小さな声で呟《つぶや》く。

「つ、次の駅までこうしていてもいい？　電車が揺れちゃうと、危ないから……」

うおっふ……。

なんだこの愛くるしい生き物は。

庇護《ひご》欲的な感情に突き動かされる反面、美少女に袖を握られているというシチュエーションに対し、僕も僕で緊張していた。

だから、霧島さんの言葉にただ無言で頷くだけで、他には何もできなかった。

僕ら二人にしか分からない緊張感の中、電車は次の駅に到着した。

その駅の名前には聞き覚えがあった。

ここって確か……。

僕と霧島さんは並んで電車を降りた。

背後でドアが閉まり、電車がホームから離れていく。

そのときになってようやく霧島さんが声を上げた。

「あ、ご、ごめん。私、ずっと握ってた」

慌てた様子で僕の袖から手を放す霧島さん。

僕としてはずっとそのままでも良かったのに……。

「そういえば霧島さん、僕、この駅知ってるんだけど」

「……気づいてもまだ言わないでね。行き先は、着くまで内緒だよ」

人差し指を口の辺りに当てながら、霧島さんが僕を見上げた。

そうは言ってもこの駅は――。

あの日。

あの受験の日。

僕が霧島さんを追って電車を降りた、あの駅じゃないか。

だとしたら……。

「行こ、海地くん」

霧島さんが歩き出し、僕は再びその後を追った。

見覚えのある改札をぬけ、駅の外へ出た。

駅前の横断歩道で立ち止まる。

そう、この辺りで霧島さんに受験票を渡したんだよな。

「あのとき僕が霧島さんを追いかけてなかったら、どうなってたんだろう……」

無意識のうちに僕は呟いていた。

霧島さんも呟くように答える。

「きっとどこかで出会ってたよ。海地くんと私の出会いは運命だから」

「運命ねえ。僕が浪人したのも運命？」

「それから、君が今年受験に合格して、私と同じ学校に通うのも運命で決まってるんだよ」

「だと良いんだけど」

信号が青になった。

僕と霧島さんは一緒に歩き出した。

そこからはお互い特に何も喋《しゃべ》らずに、ただ淡々と歩いた。

ここまでくれば僕にだって行き先の察しはついていた。

そしてしばらく歩いた後、霧島さんは僕の予想通りの場所で立ち止まった。

「はい、到着。ここが全能寺学園だよ」

荘厳な木造りの巨大な門。

その向こうには立派な4階建ての校舎が立ち並んでいた。

グラウンドは広く、運動部の生徒らしき人たちが部活の後片づけをしていた。

「こ、ここが全能寺学園……っ！」

「そう。来年からは、今日みたいに一緒に通えるね」

僕の顔を覗き込むようにして、霧島さんは明るく笑った。

「あ、ああ。そうだよ。来年からは、きっとそうなる」

「さあ、次は中に入ってみよう」

「え、中に？　入れるの？」

僕は再び門の方へ視線を戻した。

門は開放されているものの、そのすぐ傍らには守衛室があって、体格のいい守衛さんが立っていた。

正面突破は難しいだろう。

「大丈夫。抜け道があるから」

「抜け道？」

「そう。こっちだよ。ついてきて」

僕は黙って霧島さんの後をつけた。

全能寺学園の周囲は頑丈なフェンスで取り囲まれている。乗り越えようと思えば乗り越えられそうだったが、その上には有刺鉄線が張り巡らされていた。これじゃ侵入は無理だ。

不意に霧島さんが立ち止まり、フェンスの前で屈んだ。

「……急にどうしたんだ？」

「この辺りに穴が開いてるはずなの。ええと」

四《よ》つん這《ば》いになって、雑草に覆われたフェンスの下の辺りを探る霧島さん。

僕も一緒になって探そうと腰を落とした——瞬間。

四つん這いという体勢のせいで霧島さんのスカートが捲《まく》れ、普段ならハイソックスに覆われて決して目にすることが出来ない透明感のある太もも——そのさらに上部に位置する下着が見えてしまっていることに気が付いた。

「…………………」

思わず二度見した。

清楚《せいそ》感のある白い下着。

そのお尻の辺りが丸見えだった。

「あった！　ここだよ、海地く……海地くんっ！　どこ見てるんですかっ！」

霧島さんは僕の方を振り返ると、さっと両手でスカートを押さえた。

霧島さんが敬語になっているのは余裕のない証拠だ。相当恥ずかしかったのだろう。耳まで赤くなってるし。

「い、いや、その……何も見てないです」

「そう、なら、いいんですけど……」

気まずい沈黙。

僕は空気を変えるべく咳《せき》ばらいをした。

「とにかくここから中に入れるんだろ。よし、行こう」

「う、うん」

「…………」

「……か、海地くんが先！」

再びスカートの裾を強く押さえながら霧島さんが言った。

仕方ない。ここは僕が先行しよう。

雑草をかき分けると、フェンスには確かに人が一人通れるくらいの穴が開いていた。

「この制服、汚れちゃうかもよ。借りものみたいだけど大丈夫？」

「う、うん大丈夫。それ、保健室から借りた予備の制服なんだけど、もうすぐ処分する予定のものらしいから」

そうか、保健室で借りて来たのか。

とはいえあまり汚しすぎてもいけないだろう。

僕はできるだけ地面に身体を擦らないようにして穴を潜《くぐ》り抜《ぬ》けた。

後から霧島さんも穴を潜ってくる。

「……これで侵入成功ってわけだね」

僕は立ち上がり、霧島さんの手を取った。

土の汚れを払いながら霧島さんも立ち上がる。

「まだ第一段階。次は校舎の中に入るから」

「校舎の中？　鍵とかかかってないの？」

「それも大丈夫。あのね、一階に鍵が壊れてるところがあるの」

日はもうだいぶ沈んで、辺りも暗くなっていた。

その中を、僕と霧島さんは他の誰にも見つからないように進んだ。

途中、センサーが反応しライトが点灯したのに驚いた僕を、霧島さんが喉を鳴らして笑った。

校舎の端まで歩いて、そこでようやく霧島さんは立ち止まった。

「ここが鍵の壊れてるところ？」

僕は窓を見ながら言った。

いくつか並ぶ窓のうち、確かに一つだけ鍵がかかっていない窓があった。

「そう。静かにね」

言われた通り僕はできるだけ音を立てないように窓を開けた。

「さあ、霧島さん先にどうぞ」

僕が言うと、霧島さんは少しだけ僕を疑うような顔をした。

「……スカートの中、覗かない？」

「の、覗くわけないだろ」

「……本当に？」

「本当だよ」

ふうん、と霧島さんは訝《いぶか》しげな視線を僕に向けた後、えいっ、と小さく声を上げて、窓から教室の中に入っていった。

残念ながらスカートは捲れず、パンツは見えなかった。

……いや、もちろん見るつもりはなかったよ。本当だよ。信じてよ。

「来年からは正門から堂々と入れるね、海地くん」

窓を閉め直しながら霧島さんが言った。

「え？　あ、ああ。僕が受かったらね」

「絶対受かるよ。約束、忘れたの？」

「約束？」

「……ほら、Ａ判定取れたらって約束」

「！」

思い出した。

模試で全能寺学園にＡ判定が出たら、胸を触らせてくれる――。

気が付くと、暗がりでも分かるほど霧島さんは赤面していた。

僕も恥ずかしくなって思わず顔を逸らした。

霧島さんは変な空気を振り払うように明るい声で言う。

「海地くん、次は校内探検だよ。学校のこと、色々教えてあげるね」

※

僕は霧島さんと学校中を回った。

まず始めに普通教室を、それから理科室や美術室、音楽室、色々な教室を巡った。

そのたびに霧島さんは、美術担当の先生がどうとか、数学の先生が出す宿題が多いとか、そんな話を楽しそうにしてくれた。

そうやって校舎の中を歩いている間は、僕も霧島さんと一緒に学校生活を送っているような気持ちにさせられた。

しばらく歩き、僕らが再び最初に入った教室に戻ってきたころには、もう空には月が昇っていた。

「海地くん、楽しんでくれた？」

薄暗い教室で、霧島さんは僕にそう訊いた。

「ああ、うん。僕も全能寺学園に通ってるみたいだった」

「そう。そう言ってくれると、私も嬉しい」

「ありがとう、霧島さん。僕、もっと勉強頑張るよ」

僕が言った後、霧島さんは小さく笑って頷き、そして覚悟を決めたように口を開いた。

「私、今日やったみたいに海地くんと一緒に学校に通いたい。一緒に授業を受けるのは無理かもしれないけれど、一緒に文化祭回ったり、体育祭頑張ったり、テスト勉強したりしたい。海地くんが合格するためなら私なんだってする。……ねえ海地くん、君は？　もし合格したら、私と一緒にいてくれる？」

霧島さんが僕を見上げた。

その黒目の大きな瞳が、窓から差し込む月明かりを受けて輝いているように見えた。

「……当たり前だよ。絶対合格して、絶対霧島さんと一緒に学校に通う。約束する」

「うん。約束だよ」

嬉しそうに、満足そうに、この世のありとあらゆる明るい感情を凝縮したみたいな顔で霧島さんは笑った。

僕もつられて口角が上がっている気がする。

多分気持ち悪い顔になってるんだろうな、僕……。

廊下で物音がしたのは、そんなときだった。

「え？　誰かいるの、この校舎」

「そんな。部活ももう終わって――あ」

「あ？　あ、って何⁉」

「確か、夜になると警備員さんが見回りに来るの」

「え。見つかるとヤバいんじゃ」

「と、とにかく隠れなきゃ」

足音は徐々に近づいてくる。

「こっちだ、霧島さん」

僕は霧島さんの手を握り、咄嗟に掃除用具入れの中に飛び込んだ。

内側からドアを閉めた瞬間、教室の出入り口が開く音がした。

何者かが教室に入ってくる。

頼むから見つからないでくれよ――なんて思っていると。

「んっ……」

耳元で切なげな声がした。

その瞬間、僕は自分の置かれた状況を把握した。

狭い掃除用具入れの中に、押し込められるように霧島さんと二人きり。

当然身体は密着しあっていて、お互いの心臓の音が聞こえるんじゃないかってほどだ。

霧島さんの顔が僕のすぐ横にあって、頬と頬が引っ付いている。

彼女の髪からシャンプーの甘い匂いがした。

それどころか。

霧島さんの胸の辺りが、僕のちょうど肩の辺りに押し付けられて――その弾力がダイレクトに伝わっていた。

「ご、ごめ――」

謝ろうとして口を閉じる。

今ここで声を出せば見つかってしまう。

が、僕の身体は否応《いやおう》なしに霧島さんの胸や太腿に触れていた。

触れていたっていうか、むしろ積極的に触れにいっていた。

しかし、これは不可抗力だ。

ちょっとでも気を緩めて力を抜くと、僕の肘とかが当たって用具入れのドアが開いてしまわないとも限らない。

だから僕は仕方なく、こうして霧島さんに身体を押し付けざるをえないわけだ。

いやマジ、本当にごめん霧島さん。あとでパフェか何か奢《おご》るから。

「……はぁっ、んっ……」

霧島さんの吐息が僕の耳に当たる。

や、ヤバい。

このままだと僕の理性が崩壊する。

「霧島さん、もう少し耐えて」

僕が囁くと、霧島さんはうるんだ瞳を僕に向けて、小さく頷いた。

その仕草があまりにも可愛すぎて、僕はこのまま押し倒してやろうかと思った。

しかし、寸前で良識が勝った。

そんな風に理性と欲求が壮絶なバトルを繰り広げること数分。

ようやく足音は教室から出て行った。

僕らは二人、転がるように掃除用具入れから飛び出した。

深呼吸深呼吸。平常心平常心。

「あ、危なかったね、海地くん」

さっきの雰囲気を引きずっているのか、ぎこちない口調で霧島さんは言った。

「本当だよ。あ、そういえばさっき、結構肘とか当たっちゃってたけど痛くなかった？」

「ううん、痛くなかった。全然痛くなかったよ……」

「そ、そう。それなら良かったんだけど」

さて、そろそろ帰ろうか。帰りにどこかご飯食べるところ寄っていく——そんなことを訊こうとして霧島さんに視線を戻したとき、僕は霧島さんが僕を見上げたまま動こうとしないことに気が付いた。

霧島さんが口を開く。

「ね、ねえ、海地くん」

「な……何？」

「警備員さんがいなくなったってことは、もうここには私たち以外誰もいないってこと、だよね？」

「え？　ああ、まあ、そうかな」

「あのさ、海地くん……」

僕に顔を向けたまま、霧島さんは目を閉じた。

僕の目の前には彼女の薄桃色をした柔らかそうな唇があった。

え。

こ、これは。

これはまさか——誘われてるのか⁉

先程まで核戦争を行っていた理性と欲求が肩を組んでゴーサインを出している。

行くしかない。

「き、霧島さん」

僕は少しだけ前に屈み、霧島さんの唇に自分の唇を——。

ぐぎゅるる……。

うん？

なんだ今の音？

「も、もう、最悪……っ！」

気が付けば、霧島さんは涙目で自分のお腹《なか》を押さえていた。

「あ、もしかして、お腹空いた……？」

「ほんとにもう、最悪です……っ！」

今にも泣きだしてしまいそうな霧島さん。

僕は努めて明るく、

「と、とりあえずご飯行く？　僕奢るよ」

「ううん、私が出す。というか出させて。そうしないと気が収まらないから」

くるりと僕に背を向け、霧島さんは窓の方へ歩いて行った。

……初チューならず、か。

まあいいさ。僕が全能寺学園に合格すれば――いやその前にお隣同士なんだから、チャンスはまた巡って来るさ。

僕は自分にそう言い聞かせ、霧島さんに続いて窓から外へ出た。

※

ファミレスで夕食を終えた僕らは、田折荘へ戻って来た。

どちらかが何かを話すわけでもなく、ただ並んでアパートの二階へ。

「……ええと、次は水曜日だね。ちゃんと予習しててね、海地くん」

霧島さんは部屋のドアのカギを開けながら言った。

「ああ、もちろん。来年は一緒に通学するんだもんな」

「うん」

霧島さんが微笑む。

ふと僕は思い出したことがあり、声をかけた。

「あのさ霧島さん、質問なんだけど」

「何？」

「霧島さんは、何のために勉強してるんだ？」

僕の言葉に、霧島さんは不思議そうな顔をした後で口を開いた。

「単純に、海地くんのためかなぁ……」

「え、僕の？」

「前まで私、何のために勉強するかなんて考えたこともなかった。でも、改めて聞かれると、今は海地くんと一緒に学校行くために勉強してる気がする。私が勉強得意になればなるほど、海地くんに上手に教えられるようになるでしょ？」

「あっ……」

うわーっ！

何も言えねえっ！

これはもう勉強するしかねえ！

「だから海地くん、頑張ってね」

「当たり前だろ！」

「じゃあ、また今度」

霧島さんは笑顔のまま軽く手を振って、そして自分の部屋へ帰っていった。
僕は——僕は、覚悟を決めた。
模試の点数が悪かったからなんだというんだ。
僕に勉強を教えてくれるみんなのためにも。
それだけじゃなく、僕の合格を信じてくれる霧島さんの気持ちに応えるためにも。
絶対に全能寺学園に合格してやる。

第四話「諦めなければ夢は叶《かな》うってマジっすか」

「さて浪人さん。なぜ私がここにいるのか分かりますか？」

ちゃぶ台の向こうでまゆりが言った。

「そりゃお前、僕に勉強を教えるためだろ」

「もちろんそれもあります。しかしその前に、一つ重要なお知らせが」

「……え、まさか田折荘《たおれそう》から引っ越すとか言わないよな⁉　まゆりがいなくなったら僕泣くぞ⁉　どうか行かないでくれまゆり、今まで性格悪いとかこのクソガキとか貧乳とか幼児体型とか思ってたのを謝るから！」

「……そんなこと思ってたんですか。ふーん、後で指と爪の間に待ち針を突き刺してあげますね」

「や、やめろ！　聞いただけで恐ろしい！」

ごほん、とまゆりが咳《せき》ばらいを一つ。

「話を戻します。私がここに来た意味――それは、次の模試の案内をするためです。ちなみに引っ越しはしません」

「おおそうか引っ越しはしないか、僕は一安心だよ……って、え？　次の模試？」

まゆりが頷《うなず》く。

「そうです。模試があの一回きりだと思ったら大間違いです。浪人さんだってリベンジのチャンスを待っていたでしょう？」

「そりゃそうさ。あの模試以来僕はさらに気合を入れて勉強してるんだぜ。もはや僕こそが勉強の擬人化と言っても過言ではないな」

「それは過言です」

「あ、そう……。で、その模試ってのはいつあるんだよ」

「6月の第一日曜――つまり、今から三週間後ですね」

「おおっ！　ついに名誉返上のときが来たんだな⁉」

「それを言うなら汚名返上です。名誉を返上してどうするんですか」

「うっ……。ま、まあいいさ。とにかく模試に向けて勉強してやる。まゆり、当然必勝プランがあるんだろうな？」

「当たり前です――と言いたいところですが」

眉根を寄せるまゆり。

「なんだ？　何か気になることがあるのか？」

「学校の中間テストが、ちょうど5月の終わりから6月にかけて行われるんです。なので、浪人さんの勉強に付きっ切りというわけにもいきません。その間、どなたかに代わりをお願いしなければなりません」

なるほど、中間テスト。

もうそんな時期か。中学時代、真面目に受けたことはほとんどないけど。

「分かった、霧島《きりしま》さんか巫女《みこ》姉さんに頼んでみるよ。それより中間テスト、ちゃんと頑張った方がいいぜ。僕みたいになるからな」

「冗談抜きでその通りですよね」

「真顔で言わないでくれる？　傷つくから」

「ええ？　浪人さんのプライドに傷がつくような部分が残ってたんですか？」

「うるせえよ……ああ、まあ、その、なんだ。次回の模試、僕は僕なりに頑張る。お前も中間テスト頑張れよ」

「当たり前です。では、次のご褒美を考えなければなりませんね。そうですねー、次は全《ぜん》能寺学園《のうじがくえん》普通クラスにC判定とかでどうですか？　そうしたら私を食事に連れて行く権利を差し上げましょう」

「いやそれ、僕に何のメリットがあるんだよ」

僕が言うと、まゆりはふん、と鼻を鳴らした。

「バカなこと言わないでください。粗茶《そちゃ》の水《みず》に通うエリートで見た目も麗しい少女ざかりのこの私が食事に付き合ってあげるんですよ。それ自体が利点だらけじゃないですか」

「あーはいはい、要は何か食べたいものがあるんだな？　さしずめ最近この辺りに出来たケーキ屋のショートケーキとかだろう。あそこ、店内で食べるスペースがあるらしいもんな。飲み物も無料でついてくるみたいだし」

「なっ、なんで分かったんですか⁉　もしかして私のストーカーですか⁉」

「フッ、残念だがまゆり、お前の考えることなんて僕にはお見通しだぜ」

「ろ、浪人さんのくせにムカつきますっ！　こうなったらショートケーキだけじゃなくてミルフィーユもつけてもらいますっ！　それでいて一口も分けてあげません！」

「はいはい、分かったよ。お前が中間テストで学年10番以内に入ることが出来たら奢《おご》ってやろう」

「むっ、私が未《いま》だかつて超えたことのない10番台の壁ですか。いいところに目をつけましたね。しかしケーキがかかっているとなれば話は別です。ふっふっふ、どうやら私の真の実力を見せるときが来たようですね――って、なんで私が条件を出されてるんですか⁉　いつの間に力関係が逆転してるんですかッ⁉」

　ころころと表情を変えるまゆり。

　扱い方さえ間違えなければかなり面白いよな、こいつ。

「まあ、とにかくお互い頑張ろうぜ」

「……なんで浪人さんと私が同格みたいになってるんですか。あなたは私に勉強を教えてもらう立場なんですからね。それを忘れないでください。それから、ケーキ奢ってくれる約束も忘れないでくださいねっ！」

「分かってるよ」

「では浪人さん、テキストの30ページを開いてください。今日は「確率」の問題をやりますよ」

「おおっ、確率か！　これは僕、得意な分野だぜ。問題におけるありとあらゆる場合をすべて数えればなんとかなるからな！」

「……試験は時間配分も大切ですから、出来るだけ効率よく解けるように計算方法をきちんと覚えてくださいね」

まゆりは呆《あき》れたように目を細めて言った。

フッ、最終的に答えが出れば過程や方法などどうでもいいのだ——とも思ったが、ここは確実に入試を突破するためだ、素直にまゆりに従おう。

「……え、じゃんけんで勝つ確率なんて、勝つか負けるかの二分の一じゃないのか……っ⁉」

「いえ、三通りの手がありますからそれらを複合的に考えて三分の一です。……なんですかその不満げな顔は！　仕方ないでしょ、そういうものなんですから！」

はいはい。分かりましたよ。

※

「そうなの。じゃあ、また模試受けるんだね」

夕飯時。

僕の部屋はオムライスのいい匂いに包まれていた。

何故《なぜ》か。

それは、霧島さんが僕のために作ってくれたからである。

「今度こそ僕、良《い》い判定取るからね」

「きっと取れるよ、大丈夫。さ、召し上がれ」

「いただきます！」

ちゃぶ台の上には霧島さんが作ってくれたオムライスが。

僕はスプーンでふわふわの卵を掬《すく》いあげ、口に運んだ。

美味《うま》い。

卵の甘い風味と口に入れたときの触感。すべてが完璧だ。チキンライスの酸味もちょうどいい。

「どう？　美味《おい》しい？」

「めちゃくちゃ美味しい。霧島さん、本当に料理始めたの最近なの？」

「うん。海地《かいじ》くんのこと考えると、なぜか頑張れちゃうんだよね」

霧島さんが照れたように笑う。

だけど僕には、その笑顔が少し疲れているように見えた。

「……霧島さん大丈夫？　こうして夕飯作ってくれるのは嬉《うれ》しいんだけど、無理してるんじゃないの？」

「ううん、平気平気。このくらい大したことないよ。むしろ自分でもびっくりしてるくらい。私本当は料理の才能あったのかも……なんてね」

霧島さんは笑顔を絶やさない。

心配だけど、あまり心配しすぎても迷惑だろうし、何より本人が大丈夫だと言ってるんだから大丈夫なんだろう。

「今度僕にも料理教えてくれよ。そしたら、僕も霧島さんに作ってあげられるだろ？」

僕が言うと、霧島さんはオムライスを解体する手を止めて、ちょっと考えるようにしながら、

「うーん……それはダメ」

「なんで？」

「だって、そうしたら私が夕飯作ってあげる理由なくなっちゃうじゃん」

なるほどぉ――――っ！

そうきたかァ――――っ！

霧島さん……君はなんて素晴らしい人なんだ……！

僕は今猛烈に感動に似た激しい感情に突き動かされているッ！

「でも、本当にすごいよな、霧島さんって。何でもできるんだから」

「何でもはできないよ。私にできるのは、私にできることだけ。……そう言えば、この間受けた模試の判定は出た？」

「ん、出たよ」

そう。

実は、４月末に受けた模試の結果が返ってきたのだ。

「結果は……聞かない方がいい？」

「いや、まあ、どっちでも。自己採点して、ある程度の点数は分かってたからさ」

僕はオムライスを食べ進めるのをやめ、スプーンをおいた。

「そう。ということは、あんまり良くは……？」

「なかった。D判定だったんだぜ、全能寺学園の普通クラス。でもさ、あの模試、第三志望まで書けたから一応地元の高校とか書いてたんだけど、そっちはC判定。ちょっと自信ついちゃうよな」

地元の高校と言えば、去年僕が点数不足で普通に不合格だった高校だ。

それがC判定。もう少しで合格圏内。

つまり僕は、去年の僕の学力を圧倒的に超えているということだ。

「本当に？　良かったね、海地くん。きっと一生懸命勉強したからだよ」

「いやいや、僕の本命は全能寺学園。雑魚に目をくれている暇はないぜ。それに、こうして結果が出たのも僕が頑張ったからじゃなくて、霧島さんたちが勉強を教えてくれたからだよ。ほら、霧島さん教えかた上手《うま》いし」

「そ、そうかな。嬉しいな」

霧島さんが気持ちを誤魔化すように前髪を触る。

「あ、そういえば」

「どうしたの？」

「実はまゆりがもうすぐ中間テストらしくてさ。そんなときにまで僕の勉強を見てもらうのがなんか申し訳ないなと思って。しばらくまゆりはテスト勉強に集中してた方がいいんじゃないかな」

「あー、それはそうかもね。これでまゆりちゃんの成績が下がったら大変だし。……だったら、私がまゆりちゃん担当の分も教えてあげようか？　数学と理科だったよね？」

「その案、僕は助かるけど、それじゃ霧島さんの負担が増えるだけだろ？　巫女子姉さんにでも頼もうかと思ってたんだけど」

「ううん、大丈夫だよ。中学校の時の復習みたいなものだし。それに、私がまゆりちゃんの分まで勉強教えるってことは、それだけ海地くんと二人きりでいられる時間が増えるってことだもん」

「き、霧島さん……」

このままいけば僕、霧島さんなしじゃ生きられない身体《からだ》にされちゃうんじゃないか？

それでいいのか霧島さん！

君は今、自立心を無くした自堕落なモンスターを一人誕生させようとしているんだぞ⁉

「あ、食べ終わった？ お代わりあるよ」

僕の前の皿が空になったのを見て、霧島さんは言った。

「お代わりもいいのか……⁉」

「チキンライスだけなんだけどね。ほら、お皿貸して？」

霧島さんが皿を取り、上手にチキンライスを盛り付けてくれる。

なんだろう。

僕、高校不合格になって良かったのかもしれない……！

※

数日後。

突然巫女子姉さんが僕の部屋にやってきた。

「しげる君、元気ぃー？」

「……元気だよ。っていうか、ほとんど毎日顔は見てるだろ」

「あはー、そうだよね。なんか久しぶりな気がしてさ」

そう言って巫女子姉さんは玄関先に腰を下ろし胡坐《あぐら》をかく。

ショートパンツの隙間からピンク色をした下着の端が見えている……。

「で、何の用？」

「可愛《かわい》いしげる君の様子を見に来た、じゃダメ？」

「ダメじゃないけど、僕今勉強中なんだよね」

「次受ける模試の？　頑張るねえ。そんな君に郵便だよ」

「郵便？」

「ほら」

僕は参考書の上にシャーペンを置き、巫女子姉さんの方へ寄った。

姉さんから渡されたのは確かに僕宛ての封筒だった。

中身を開けて、気づく。

「あ、これ模試の案内じゃん」

「ほほう、タイムリーですな」

「サンキュー巫女子姉さん。ええっと……え、徐々木《じょじょぎ》ゼミナールが会場？　ちょっと遠いな」

「では、送迎が要りますな」

「……頼んでいい？　巫女子姉さん」

「もっちろん」

巫女子姉さんが胸を張る。

その反動でバストがたゆんと揺れた。

一瞬目を奪われたが、すぐに模試の案内状に視線を戻す。

「……え、受験票も用意しなきゃいけないのか。写真が要るな」

「ほほう、では写真を撮りに行かなければなりませんな。少し離れたスーパーに証明写真機がありますぞ。しかし自転車で行くには遠いですなあ」

「連れてってくれる、巫女子姉さん」

「もっちろん」

巫女子姉さんが胸を張る。

そのたびに胸が揺れ……いちいち気にするんじゃない、僕。

「今日中に撮りに行こうかな。大丈夫、巫女子姉さん？」

「大丈夫だよ。っていうか私のスケジュールは常にしげる君の用事が最優先だよ。じゃ、下で車の準備しとくから、用意出来たら降りてきて」

「うん、分かった」

巫女子姉さんは立ち上がり、軽い足取りで部屋を出て行った。

さて。

学校の制服を持たない僕は、とりあえずそれっぽいシャツに着替え、巫女子姉さんが待っているだろう駐車場へ向かった。

階段を降りると、ちょうど赤い外車が僕の前に停《と》まった。

「行こうか、しげる君」

運転席から巫女子姉さんが顔を覗《のぞ》かせた。

僕は頷いて助手席に乗った。

赤い外車――ジュリアちゃんが軽快に走り出す。

姉さんは、久しぶりに二人きりでお出かけだねぇ、なんて上機嫌だ。

「そういえば、前に姉さんが言ってたことだけどさ」

「ん？　私何か言ってたっけ？」

「ほら、何のために勉強するのかって話」

「……ああ、そんなこと言ってたねえ。それで？　答えは見つかった？」

「うん、見つかった。いや、見つかったって言ってもうまく言葉にはできないけど、巫女子姉さんもまゆりも霧島さんも、僕が高校に合格するために、色々頑張ってくれてるだろ？　それを今更僕がやめるわけにもいかないし、何より今僕は全能寺学園に合格するって目標のために勉強してるわけじゃん。その目標をクリアできれば、その先何があっても頑張れるような気がするんだよ」

ふうん、と巫女子姉さんは呟《つぶや》いた。

それから、

「大人っぽいことを言うようになったね、しげる君」

「そ、そうかな」

「何かのために頑張ることは大切だと思う。私、そういう風に生きてる人、好きだよ」

「……そうなんだ」

「ちなみに今の、告白のつもりだよ」

「…………………えっ⁉」

心臓が大きく脈打った。

僕は慌てて巫女子姉さんの顔を見た。

「じょーだんだよぉ」

巫女子姉さんは、いつものように気の抜けた笑みを浮かべ、そう言った。

ど、どういうつもりなんだよ、この人！

僕をからかってるのか⁉　そうなんだろ⁉

っていうか何を動揺してるんだ僕！　この人は親戚で小さいころから僕の面倒を見てくれて、小学校の時までは一緒にお風呂も入ってた——憧れの、お姉さんなんだよな……。

僕の巫女子姉さんに対する気持ち、業が深いぜ……っ！

「とにかくそういうわけで、しばらく姉さんに養われることもないだろうし、先に言っておくから」

「あら、そう。勉強が嫌になったらいつでも言ってね」

「まあしばらくはそんなことにはならないよ」

「ほんとぉ？　お姉さん、ちょっと残念」

巫女子姉さんの言葉とは裏腹に、彼女の運転するジュリアちゃんは快調に道路を飛ばしていくのだった。

※

土曜日になった。

今日は模試の前日だ。

準備は万端。受験票に写真も貼った。

さて、後は――。

「時間だけど、解き終わった？」

霧島さんは壁の時計を見ながら言った。

ぴったり50分。模試の試験時間と同じ時間だ。

「……ああ、もちろん」

今回の模試に向けて霧島さんが用意してくれたのは、五教科分の模試の予想問題だった。

これは霧島さんが過去の入試問題を分析して作ったという優れもので、僕はこれを解きまくっていたのだった。

そして今日、その総仕上げとして、霧島さん作成の模試対策の実践演習をやっていたところだ。

手ごたえは上々。

「すごい、最後まで解けてる。海地くん、頑張ったね」

「当たり前だろ。霧島さんがこれだけ準備してくれてるんだから僕も一生懸命やらないとさ」

「じゃあ早速答え合わせするね。えっと……あ、ごめん。答え部屋に忘れちゃった。ちょっと取ってくる」

そう言って霧島さんは立ち上がった――瞬間、少しふらついた。

「霧島さん⁉」

「あ、ううん、平気平気。ずっと座ってたのに急に立ち上がったから、ちょっと立《た》ち眩《くら》みがしただけ。すぐ戻ってくるから待っててね」

霧島さんが部屋から出て行く。

本当に大丈夫だろうか。

最近なんだか顔色もあまり良くないし……。

胸騒ぎがして、僕は霧島さんの後を追うように部屋を出た。

そして、霧島さんの部屋をノックする。

「霧島さん？　答案探すの、僕も手伝うよ」

……返事がない。

もう一度ノックしてみる。

が、もちろん返ってくる声はなかった。

反射的に、僕は霧島さんの部屋のドアを開けた。

そして、見た。

畳の上に倒れこむ霧島さんの姿を。

「霧島さんっ⁉」

全身から血の気が引いていく音がした。

霧島さんに駆け寄り彼女の表情を伺うと、霧島さんの額に大粒の汗が浮かんでいるのが分かった。

その額に手を当てると、すごい熱さだった。

「……か、海地くん、大丈夫だから……」

消え入りそうな声で霧島さんは言った。

「大丈夫なわけないだろ！　すごい熱じゃないか……！」

「本当に、大丈夫だから……」

霧島さんが僕の手を握る。

ふと僕は、机の上に参考書が山積みになっているのに気が付いた。

どれも高校入試対策の参考書だ。

そしてその脇には、恐らく霧島さんが普段使っているのだろう高校の教科書が置かれていた。

「――――っ！」

なんで気づかなかったんだ。

まゆりが中間テストだったなら、霧島さんだって中間テストがあったはずなんだ。

だから霧島さんは、自分の勉強をしながら僕の入試対策をやってくれてたんだ。

それだけじゃなく、夕飯を作ってくれたり、僕を喜ばせるために——。

「気にしないで、海地くん。少し寝たら治るから」

霧島さんは弱弱しい声で言った。

「気にしないわけないだろ！　待ってて霧島さん、僕がなんとかする！」

ひとまず霧島さんをベッドに寝かせ、僕は霧島さんの部屋の冷蔵庫を開けた。

ええっと……冷やすものと飲み物と、あと食べる物が必要だよな。近所にコンビニあったから、とりあえず自転車で——。

「……海地くん、明日の模試は……？」

背後で霧島さんが呟く。

「バカ、今はそんなこと気にしてる場合じゃねえだろ。なんでこんな無理したんだよ」

「……海地くんが、頑張ってるから、私も力になりたくて」

振り返ると、霧島さんは薄く目を開けて僕の方を見ていた。

「霧島さん……僕は助けられすぎてるくらい、霧島さんに助けられてるよ。だから今は何も気にしないで、ゆっくり休んで。食べ物と飲み物買ってくるから」

「……うん」

霧島さんがかすかに頷き、目を閉じた。

それを見て、僕は部屋を出た。

とにかく買い物を済ませなければ――。

「浪人さん、こんなところで何してるんです？」

突然まゆりの声がして、後ろを見ると、隣室の半開きのドアからまゆりが顔を覗かせていた。

「ああ、ちょうど良かった。ええと、まゆりも手伝ってくれないか？　実は霧島さんが」

「壁を通して聞こえてましたよ。お隣さんが体調を崩されたんでしょう？　私が様子を見ておきますから、浪人さんはさっさと買い出しに行ってきてください」

「助かる、まゆり！」

やれやれ仕方ありませんねこれだから浪人さんは、なんてことを呟くまゆりをそのままに、僕は階段を駆け下りアパート前に停めていた自転車に飛び乗った。

思いきりペダルを踏みこみ、全速力で漕ぎ出す。

……なんて間抜けだったんだ、僕は！

なんで何も考えず霧島さんに甘えてたんだ！

速度が増していく。

自転車を思いっきりドリフトさせてカーブを曲がり切る。

――たとえ全能寺学園に合格したって、そこに霧島さんがいなきゃ何の意味もないだろうが！

※

霧島さんが目を覚ましたのは、次の日の朝のことだった。

「あれ……ここ、私の部屋……？」

ベッドから身体を起こした霧島さんは寝ぼけたような表情でそう言った。

「……おはよう、霧島さん」

「か、海地くん⁉ なんで私の部屋に――あれ？ 予想問題の採点は？」

自分のことよりも僕のことを心配してくれる霧島さんに、僕は思わず苦笑した。

「目が覚めたみたいで良かったよ。昨日は大変だったんだぜ。まゆりや巫女姉さんも一緒に看病してくれて……顔色、だいぶ良さそうだね」

「……思い出した。昨日、私倒れちゃって……ありがとう。みんなが看病してくれたこと、ぼんやり憶《おぼ》えてる」

霧島さんの白い頬がほんの少し紅色に染まる。

「いや、そんなのお礼を言われるようなことじゃないんだ。僕の方こそごめん。霧島さんに甘えてばかりで、全然霧島さんのこと考えてなくて……」

「ううん、そんなことないよ。私はただ、海地くんが喜んでくれるのが嬉しくて、それでちょっと張り切りすぎちゃっただけだから」

「霧島さん……」

「あっ、海地くん！　模試の時間！」

不意に霧島さんが大きな声を上げた。

時計を見る。

試験開始まであと一時間だ。

模試のことなんて気にしてる場合じゃないだろ、と言いたい気持ちもあった。

でも、それを言ってしまうと、これまで霧島さんが僕のために頑張ってくれたことを否定することになる。

本当なら霧島さんに付きっ切りでいたいけれど、そういうわけにもいかない。

今僕がやるべきことは――――。

「分かった。僕、行くよ」

「うん。きっと良い点取れるよ」

霧島さんが微笑《ほほえ》む。

「……あのさ、霧島さん」

「どうしたの？」

「僕、今までずっと色んなことを諦めてきた気がする。だけど今、受験を諦めずに勉強やれてるのは――多分、霧島さんのお陰だよ」

「え、あ、うん、そう、ですか？　そう、かな……うん、そう言ってくれるのは、嬉しい。でもほら、大家さんとかまゆりちゃんとかも一生懸命だし、何より海地くんが自分で頑張ってるから、頑張れるんだよ」

霧島さんはたどたどしい口調で言った。

その様子がけなげでいじらしくて、僕は言葉に詰まった。

それから少し考えて、ようやく言うべきことを見つけた。

「今日の模試、絶対A判定取ってくるから」

「うん。信じてる」

「ええと、昨日買ってきた飲み物とか冷蔵庫に入れてるから、飲んでね」

「……うん、ありがとう」

霧島さんが微笑む。

ちょうどそこへ、巫女子姉さんがドアを開けて入って来た。

「目ぇ覚めた？　おかゆ作って来たよん。……あ、しげる君もう行くの？」

「送り迎えは良いから。まだ時間あるし、自転車で行くよ。巫女子姉さんは霧島さんをよろしく」

「あら、そう？　……しげる君がそう言うのなら、そうするね。じゃ、頑張ってね」

おかゆを片手に、巫女子姉さんは僕の肩を軽く叩《たた》いた。

さて。

僕は荷物を片手に部屋を出た。

一階に降りる階段のところには、まゆりが立っていた。

「行くんですね、浪人さん」

「ああ。正直言ってコンディションは良くないが、全力を尽くすだけさ」

「そうですか。……浪人さん、私、応援してますから」

表情一つ変えないで、まゆりは言った。

「ありがとう。やれるだけやってみる」

僕はまゆりに背を向け、階段を降り、アパート前に停めていた自転車に跨《またが》った。

さあ、待ってろよ模試め。

いよいよリベンジの時が来たようだぜ！

――と。

意気込んだは良いものの。

徹夜で霧島さんの看病をしていたせいで脳の回転は鈍く、さらに昨夜の無理な運転が祟《たた》ったのか、自転車も途中でパンクしてしまった。

なんという間の悪さだ。

しかし、不調を言い訳にしても、試験の日が変わってくれるわけじゃない。

この逆境を乗り越えてこその受験戦士である。

会場に辿《たど》り着《つ》いたのはギリギリ試験開始の5分前。

だが、間に合ったことに変わりはない。

僕は受験票を受付の人に見せ――ん？

あれ？

背中を嫌な汗が伝った。

まさか。

持っていたバッグをひっくり返す。

筆箱とか、単語帳とか、色んなものが転がり出てくる。

しかしその中に――受験票が入っていなかった。

え。

嘘《うそ》だろ。

こんなときにそんな凡ミスを？

確か僕はきちんと受験票に写真を貼って――――それから、バッグに入れた覚えがない。

ということは。

受験票を、部屋に忘れて来た。

なんということを。

取りに帰るか？　いや、しかしもう時間がない。

絶対A判定取るなんて霧島さんに言っちゃった手前、何と言って帰ればいいんだ⁉

うわ恥ずかしい。カッコつけなきゃ良かった。

だが、ここで諦めるわけにはいかない！

しかしそれにしても――どうすればいいんだ……っ⁉

「海地くん！　海地しげるくん！」

僕は背後を振り返った。

赤い外車から降りた霧島さんが、寝間着姿のまま僕の方へ駆けてきていた。

何が何だか分からないまま彼女を見ると、その手には受験票が握られていた。

僕が忘れたはずの受験票だ。

「き、霧島さん――っ！」

「間に合って良かった。見つからなかったらどうしようかと思ってた」

「ご、ごめん！　まさか忘れるなんて思わなくて。本当にありがとう」

「……私も海地くんに受験票届けてもらったから、これでやっとお互い様だね」

まだ少し青い顔で、霧島さんは笑った。

「何言ってるんだよ。僕はもう、十分すぎるくらい霧島さんに助けてもらったよ」

「模試、頑張ってね」

「うん。霧島さんも、ゆっくり休んで……って僕が言える立場じゃないか。じゃあ、行ってくる」

僕は霧島さんに背を向けようとした。

が、その途中で手を掴《つか》まれた。

振り返る。

その瞬間、掴まれた方の手が何か柔らかいものに触れた。

――霧島さんの、胸だった。

「ご褒美の前払い。これで絶対A判定だね」

僕の手を自分の胸に当てながら、霧島さんは言った。

一方の僕はというと、こういう風に冷静を装ってはいるが脳内はよく分からない感情でオーバーヒートしていた。

「きっ、ききき霧島さんっ⁉」

「海地くんなら大丈夫。応援してる」

霧島さんが手を放す。

「う、うん、頑張る……」

そのまま僕は、訳も分からぬままに受験会場へ向かった。

最後に、霧島さんが太陽みたいに眩《まぶ》しい笑顔を浮かべ僕に手を振っているのが見えた。

手には霧島さんの胸の、柔らかい感触が残っていた。

※

そして、十日と数日後。

僕の元に、模試の結果が届いた。

部屋のちゃぶ台を中心に、僕、霧島さん、まゆり、巫女子姉さんが円を描くように座っている。

「……これで全世界の命運が決まりますね、浪人さん」

「いやちょっと待って、なんで僕の模試の結果で世界が終わるみたいになってんの」

僕が言うと、隣で巫女子姉さんが、

「でも、そろそろ良い判定出しとかなきゃ不安じゃない？　ま、私はいつでもしげる君を養う準備は出来てるけど」

「う……っ、まだ中身を見るまでは分からないだろ」

「ええっと……きっと海地くんなら大丈夫だよ！」

霧島さんが僕を元気づけるように言ってくれて、ようやく封を開ける覚悟が決まった。

「そうだよな！　僕なら大丈夫だよな！　よし、開けるぞ……」

封筒をハサミで丁寧に開封し、中から模試の結果が書かれた紙を取り出す。

そして、『第一志望』の欄に書かれていたのは——。

『全能寺学園　E判定』の文字だった。


「え」

思わず声が出た。

E判定って……この間はD判定だったから、悪くなってるってこと？

空気が固まる。

「だっ、大丈夫だよ海地くん！　模試は模試だし！　本番までまだ時間あるし！」

「そっ、そうですよ浪人さん！　大体ですね、模試の判定なんて当てにならないんです。模試を受けた人たちの学力によって結果が全く違うものになりますから！」

珍しくまゆりまで僕を励ましてくれた。

——が、それで簡単に立ち直れるもんじゃない。

マジか……。

あんなに勉強したのになあ。ちょっと心が折れちゃうかもなあ。

「……海地くん、諦めちゃだめです！」

霧島さんの強い口調に僕は顔を上げた。

「で、でも、無理だよ。みんなあんなに協力してくれたのにこんな結果ってことは、元々僕の学力が低すぎたんだよ。このままじゃ何度受けても不合格だよ」

「それでもいい！　海地くんが何度不合格になっても、君が合格するまで私、待ち続けるから！」

「き、霧島さん……！」

「だから諦めないで。それに——私、海地くんに、胸を触らせてあげたじゃん！」

「なっ——っ！」

空気が固まる。

もちろんさっきとは別の理由で。

しかしそんな空気とはお構いなしに霧島さんは言葉を続ける。

「だからちゃんと責任取って、全能寺学園に合格して！」

「わ、分かった！　分かったから落ち着いてくれ霧島さんっ！」

「浪人さんっ、責任取るってどういうことなんですかっ！　胸触って責任取らなきゃいけなくなったって、それってつまりそういうことなんですかっ⁉　えっちぃのはいけないと思いますっっ‼」

まゆりが意味不明なハイテンションで叫ぶ。

その横で巫女子姉さんが、

「うわ……最近の子って進んでるわ」

「あんたがそれを言うのか⁉　っていうか誤解だ！　誤解なんだ！」

「海地くんは私の胸を――」

「良いから静かにしてくれ霧島さん！　次の模試では絶対A判定取るから！」

「……本当？」

「当たり前だろ！　三度目の正直って言葉があるし、僕だって全能寺学園に受かって、霧島さんと一緒に通学したいって思ってるんだよ！」

「海地くん……！」

霧島さんは、感極まったような表情で瞳に涙を浮かべていた。

――って、なんだこの雰囲気。みんなちょっとおかしくなってんじゃないのか⁉

ええい、誰かこの訳の分からない空気……流れを変えてくれ！

誰でもいいっ！

「あの、私気づいちゃったんですけど」

さっきまでとはうって変わり冷静な口調でまゆりが手を挙げる。

「どうしたんだよ」

「もしかしてこの判定って、全能寺学園を受験した場合の判定じゃないんですか？」

「だからさっきからそう言ってるだろ」

「いえ、ですから、浪人さんが受ける全能寺学園普通クラスの判定ではないのでは？」

「……え？」

「だって隣に別の欄がありますよ、全能寺学園（普通クラス）って」

まゆりが判定結果の書かれた紙を僕に向ける。

『全能寺学園Ｅ判定』と書かれた欄の隣には、確かに『全能寺学園（普通クラス）』の欄があって。

そこにあったのは。

――『Ａ判定』の三文字だったのだった。

エピローグ「二の腕とおっぱいの感触が同じってマジっすか」

僕は全能寺学園《ぜんのうじがくえん》（普通クラス）でA判定を取った。

ということは。

――ということはッ!!

霧島《きりしま》さんの胸を、僕が思うままに揉《も》みしだく権利を得たということだッ!!

模試の結果が送られてきて、数日後。

僕は自室で、制服姿の霧島さんと向かい合っていた。

今日は水曜日。霧島さんに国語を教えてもらう日だ。

「……それじゃ、今日はここまでにしようか」

「あ、ああ、うん」

霧島さんの言葉で、僕は参考書を閉じた。

……霧島さんの胸が気になりすぎて、全然集中できなかった……。

「どうかしたの、海地くん？」

「え!?　い、いや、なんでもないよ！」

慌てて霧島さんの胸元から視線を外す僕。

確かに僕はこの胸に触れる権利を得たはずだ。

だけど、それを僕の方から触らせてくださいというのも勇気が要る。要りすぎる。

それでも僕の両手は胸を触る瞬間を今か今かと待ち望んでいた。

くっ、静まれ！　僕の両手っ！

「……もしかして、ご褒美のこと？」

少し顔を赤らめながら、霧島さんは上目遣いで言った。

「うっ、そ、それは、まあ、多少は……！」

僕が言うと、霧島さんは困ったように僕と自分の胸を見比べ、そして、もう一度僕を見た。

「……うん、分かった。約束だからね。海地くん、頑張ってA判定取ったものね」

「つ、つまり⁉」

「──いいよ、触って。私の胸」

良《い》いんですかァ⁉

僕は反射的に両手を伸ばした。

照れ隠しなのか、霧島さんは顔を伏せてしまって表情が読めない。

──いや待て、僕。本当にこんなことやっちゃっていいのか⁉

霧島さんは同い年の女の子で、全能寺学園に通うエリートで、僕の主観から言えばめち

やくちゃ清楚《せいそ》な美少女なんだぞ⁉

そんな可憐《かれん》で清らかな少女のおっぱいを僕のような高校浪人の手で穢《けが》してしまっていいのか⁉

この間の模試の前に触ったのは不可抗力みたいなものだし、こうして改めて考えるととんでもなく背徳的な行為をしようとしているように思えてきた。

どうする僕⁉　どうするんだよ⁉

そんな僕の心中を察したのか、霧島さんは小さな声で、

「私がこういうことするの、海地くんだけだから……優しく、してね」

「なっ……ッ⁉」

思わず生唾を呑《の》んだ。

理性が白旗を上げた。

僕は荒ぶる呼吸を整え、両手をそっと伸ばし、霧島さんの両胸に触れた。

「ぁんっ……」

霧島さんが切ない声を上げる。

うおおおおおおおおおおおっっっっ⁉

こ、これからどうすればいいんだああああっっ⁉

好きに揉んじゃっていいのかァァ⁉

大人の階段上っちゃっていいのかァァァ⁉

僕の脳がオーバーヒートを起こしかけたその瞬間。

「えっちぃのはいけないと思いますッ！」

ばんっ、と大きな音を立ててドアが蹴り開けられた。

その向こうには腕を組んで仁王立ちするまゆりの姿が見えた。

僕は咄嗟《とっさ》に霧島さんの胸から手を放した――直後、まゆりの飛び膝蹴りを思いきり顔面に喰《く》らった。

「たわばっ⁉」

「えっちぃのはッ！　いけないとッ！　思いますッ！」

肩で息をしながらまゆりが怒鳴る。

「そうだよ！　二人とも未成年でしょ！　私のアパートでは淫らな行為は厳禁だからね！」

そう言って僕の部屋に入って来たのは巫女子《みこ》姉さんだった。

「――って、あんたが言えた立場かよ！」

「言えた立場ですぅーっ！　お色気担当は私だけで十分ですぅーっ！　っていうかこのアパートは私のものなんだから、私がルールみたいなもんですぅーっ！」

巫女子姉さんの言葉に便乗するように、まゆりが口を開く。

「そもそもですね浪人さん、私はA判定を取ったら胸を触っていいなんてご褒美は間違ってると思ってましたよ」

「頭撫《な》でさせてあげますとか言ってたのはどこのどいつだよ！」

「うっ……い、いや、それでもですね、隣人さん含め私たちは『チーム田折荘《たおれそう》』という共同体なのですから、抜け駆けはダメです！」

「……抜け駆け？　何のだよ」

僕が訊《き》くと、まゆりはしまった、とでも言うように両手で口を押さえた後で目を泳がせ、それから開き直ったように僕を睨《にら》みつけ、

「浪人さんには関係ない話なんです！」

「な、なんだよ！　脛《すね》を蹴るな脛を！」

まゆりが僕の脛にローキックを浴びせる横で、巫女子姉さんが堂々とした口調で言う。

「とにかく、しげる君！　未成年の胸を触るなんて青少年の健全な育成を妨げるようなことをしてはいけません！　触るなら私のを触りなさい！」

「それはそれで問題あるだろ！」

巫女子姉さんに怒鳴り返しつつ、僕は霧島さんの方を振り返った。

くそ、女の子の胸を好きに触れるなんて、一生のうちに二度あるかないかというチャンスだったのに……っ！

「あ、あの、海地くん、ごめんね、私が変な提案しちゃったせいで」

「何言ってるんだよ、霧島さんが僕のために色々なことをしてくれたおかげでA判定が取れたんだろ」

「で、でも、やっぱり胸を触らせてあげるっていうのはあんまり良くなかったと思う……だから今度は別のご褒美にするね」

「別のって？」

「たとえば……ええと、私が海地くんを膝枕して歯を磨いてあげる、とか」

「は——歯磨き⁉」

想像してみる。

霧島さんの柔らかな太腿《ふともも》に頭を乗せ、無防備に開けた僕の口の中を彼女が操る歯ブラシが行き交う光景を。

きっと彼女は、上手にできてるかな、なんて言いながら照れたように笑うのだろう。

うん。

悪くない。

むしろ良い。

「浪人さん、また卑猥《ひわい》なことを考えているんじゃないですか？　笑顔が気持ち悪いですよ」

「どうやったら歯磨きが卑猥になるんだ？　まゆりの勘違いだよ。もっとも、中学生の少年少女が持つ圧倒的なエロに対する想像力の前では歯磨きという日常的な行為でさえ猥褻《わいせつ》な営みに思えてしまうのかもしれないけどな」

「そっ、それじゃまるで私がいやらしいことしか考えてないみたいじゃないですか！　発言の撤回と謝罪を要求します！」

発言と同時に繰り出されるまゆりのローキックを完全に予測していた僕は、後方に飛びのくことでその攻撃を回避した。

まゆりが驚いたような顔をする。

「フッ、いつまでも同じ手が通用すると思うなよッ！」

「ろ、浪人さん後ろ後ろ！」

「え、後ろ？」

背後を振り返るとそこにはちゃぶ台があった。

不安定な体勢の僕はそのままちゃぶ台に足を引っかけた。

ヤバい、倒れる。

必死に手を伸ばす。

目の前に居たのは霧島さん。

あっ、と思わず声が漏れる。

僕の右手は吸い込まれるように霧島さんの左胸を摑《つか》んだ。

霧島さんの顔が一瞬で赤くなったのが見えた。

柔らかい感触が僕の手のひらに伝わるのと同時に、まゆりの飛び膝蹴りが僕の脇腹に直撃した。

あとがき

この本に書いてあることを額面通り受けとらないでほしい！

この本が作者の妄想や願望の結晶だなんてことは思わないでほしい！

この思いがどれだけ強いのかということは、このあとがきを、受賞の連絡をいただいた翌日に作成したという事実から察していただきたい！

実家のベッドでゴロゴロしながら、小生は自分の死後に思いを馳せたのである。

そして、死後に何も残らないということを悟ったのである。

この世に生を受けた以上、何らかの形で何かを成さねばと思い至った小生が思い悩んだ結果、こうした物語が出来上がったのだ。

……それがなぜなのかは、小生にも分からない。

突然ですが最後に謝辞を。

本作の出版にあたってご尽力いただいたすべての方――お世話いただいた担当様はじめ講談社ライトノベル出版部の皆様、本作の校正にかかわってくださった方々、イラスト担当のかれい様、先に作家デビューしたYさんとAさん、F研究会のみなさんと私の数少ない友人のみなさん、そして、あとがきまで熱心に読んでくださっている読者のみなさん。

本当にありがとうございます。ファンレター待ってます。

日ノ出しずむ

講談社ラノベ文庫

高校全部《こうこうぜんぶ》落《お》ちたけど、エリートＪ Ｋ《ジェーケー》に勉強《べんきょう》教《おし》えてもらえるなら問題《もんだい》ないよね！

日《ひ》ノ出《で》しずむ

2023年10月31日第1刷発行

発行者	森田浩章
発行所	株式会社　講談社 〒112-8001 東京都文京区音羽2-12-21
電話	出版　(03)5395-3715 販売　(03)5395-3605 業務　(03)5395-3603
デザイン	AFTERGLOW
本文データ制作	講談社デジタル製作
印刷所	株式会社ＫＰＳプロダクツ
製本所	株式会社フォーネット社

KODANSHA

落丁本・乱丁本は購入書店名を明記のうえ、小社業務あてにお送りください。送料は小社負担にてお取り替えいたします。なお、この本の内容についてのお問い合わせはライトノベル出版部あてにお願いいたします。
本書のコピー、スキャン、デジタル化等の無断複製は著作権法上での例外を除き禁じられています。本書を代行業者等の第三者に依頼してスキャンやデジタル化することはたとえ個人や家庭内の利用でも著作権法違反です。

ISBN978-4-06-533919-0　N.D.C.913　247p　15㎝
定価はカバーに表示してあります
©Shizumu Hinode 2023 Printed in Japan

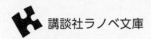